优雅小主妇的
理财生活

淡若椰风·著

哈尔滨出版社
HARBIN PUBLISHING HOUSE

图书在版编目(CIP)数据

优雅小主妇的理财生活／淡若椰风著. —哈尔滨:哈尔滨出版社,2009.1

ISBN 978-7-80753-516-4

Ⅰ.优… Ⅱ.淡… Ⅲ.女性-财务管理 Ⅳ.TS976.15

中国版本图书馆 CIP 数据核字(2008)第 202552 号

特约编辑:马志明
责任编辑:曲　晶　李英文
封面设计:致臻书妆

优雅小主妇的理财生活

淡若椰风　著

哈尔滨出版社出版发行

哈尔滨市香坊区泰山路 82-9 号

邮政编码:150090　营销电话:0451-87900345

E-mail:hrbcbs@yeah.net

网址:www.hrbcbs.com

全国新华书店经销

北京东海印刷有限公司印刷

开本 787×1092 毫米　1/16　印张 14　字数 190 千字

2009 年 1 月第 1 版　2009 年 1 月第 1 次印刷

ISBN 978-7-80753-516-4

定价:26.80 元

自序　我就是传说中生财又旺夫的小主妇

很多次拷问老公,俺是不是他这辈子最明智的选择?他看着我圆圆的"面包脸",总是忍笑不语!看他都快忍出暗伤了,我气得七窍生烟,忍不住又要敲他几个"毛栗子",然后苦口婆心地给他"催眠":他今生今世最明智的选择就是娶我做老婆,而我最大的骄傲就是成功"改造"了他。想当初,我沙里淘金,发现了这位"土里刨食"的小农后代,不辞劳苦,十年如一日,一手把他打造成了人见人夸的好丈夫。

总而言之,言而总之,娶我做老婆,是他上辈子修来的福气,因为俺就是传说中生财又旺夫的小主妇:理财当家样样精通,性格温柔又贤惠,模样也还算周正,上得了厅堂,下得了厨房……捂嘴偷偷笑一下,说得我有点儿发飘,好在这年头吹牛已经不用上税了。

不过,这也不全是我自吹自擂。你看,俺和宝哥(也就是俺老公)两个人都是穷人家的孩子,结婚之后白手起家,不靠不要、不偷不抢、不贪不占,兢兢业业、老老实实地赚钱、投资、理财,在南昌这个消费型的城市立住了脚跟,生活也过得蛮舒服。在市里拥有了三处房产,一套自住,两套出租;股市中有笔小小的资产(当然,在今年绿油油的股市中已然大幅缩水),还有一点点基金;家里每个人都有一两份保险……虽然我们小户人家的这点骄傲和幸福在有钱人眼里不值一晒,但在宝哥和我眼里,这可是我们俩一个铜板儿一个铜板儿地攒起来的。从当初的一穷二白到现在这个规模,俺这个一家之妇怎么说也算是小有成就吧?

当然,在积累家庭财富的过程中,我并没有把自己变成一个女葛朗台,而是左手理财,右手理家,悉心打理我们的三口之家。首先从改造宝哥入手,几年的时间,把他从 D 等男人培养成了 A 等老公。同时,也没忘了对下一代的养育工作,我们的宝贝女儿小希是个健康、独立、快乐的小孩,正一天天苗壮成长。最让我骄傲的是,俺婆婆和我们住在一起,但我们相处得很融洽,虽然偶尔有些小矛小盾,但已经让身边的好多"儿媳妇"羡慕不已了。可以毫不夸张地说,"宝哥·椰风"组合的每一天都充满了乐趣和温情。

这么综合评判下来,我左看右看也应该算一个旺家的小主妇吧?

椰风也曾看过一些主妇,自诩是享受生活,追求高尚的品位,追求女人的优雅。但如果没有足够的经济实力做后盾,这就是典型的"打肿脸充胖子",这种优雅、优质就是建立在沙滩上的城堡,一波潮水袭来,便会荡然无存。还有一些主妇,在外忙着赚钱,在家忙着省钱,忽略了赚钱的目的是要提高全家人的生活品质。她们的理想是:等有一天,我攒够了钱……但是,人们对金钱的追求是永无止境的,明日复明日,最后变成了遥不可及的飘渺,到头来发现自己一辈子都在做"钱奴"。

鉴于以上两种主妇的"血泪教训",椰风自打走马上任成为小主妇之后,就定下了自己的"施政纲领":一边赚钱理财,一边提升生活的品质。经济和优雅,就像鱼和熊掌,不可兼得,但你可以在两者之间找到一个最佳平衡点。为了找到这个平衡点，我一直都在学习、探索、实践我的理财理家之道。于是，在学习的过程中实践，在实践的过程中探索，成功、教训、喜悦、遗憾……一股股冒出，最终汇成了《优雅小主妇的理财生活》一书。这本书不讲高深的经济理论，也没有让人头大的枯燥数据，我只是在用心去讲述自己的感悟和体会，希望能给姐妹们带来一些帮助。

理财是一件很快乐也很简单的事情，人人都可以做到。做一个生财旺夫的小主妇也不算难，只要用心去经营生活、经营家庭，无论面对困境还是面对挫折，都能以积极的心态去面对，不抛弃、不放弃，更不要逃避。同时，牢记以下八条"小主妇幸福理财法则"：

女人最重大的投资项目就是婚姻，改造丈夫是一辈子的工程。

家庭的和谐是创造财富的基础。

健康是"1"，财富是"0"，有了健康这个"1"，财富的"0"才有意义。

生活中不缺少财富，而是缺乏发现财富的眼睛。

一寸光阴一寸金，寸金难买寸光阴。时间是可以产生财富的，但是财富产生不了时间。

金钱只有"转"起来才能增值，让金钱闲置就是在"犯罪"。

孩子是家庭最重要的投资，这里所说的投资不是指金钱，而是心思。

金钱是手段，快乐是目标，不要把手段当成最终的目标，更不要总把快乐留给以后。

当你将这些法则运用到自己的生活中时，你收获到的就不仅是财富，还有更从容的生活和更丰富的人生。

生活在于过程，人生在于体验。和很多姐妹一样，椰风只是一个普通的小主妇，我所讲述的，也许就是你正在经历或是将要经历的。希望我的书"横空出世"之后，会有更多生财旺夫的小主妇成长起来。

2008 年 12 月于南昌

第三章　穷主妇，富主妇——我的理财经验谈

第四章　做一个精致又经济的小女人

第五章　家有小女初长成

第一章

女人一生最重要的投资——婚姻

　　金钱从来不能与爱情画等号，但是如果学会用经济的理念来分析爱情，也许进入婚姻殿堂之后的爱情会走得更远。婚姻是人生的重要一环，也是人生最重要的一项投资。但婚姻又不同于投资：投资赔了，损失的只是金钱，那是身外之物，还可以再赚；婚姻失败了，往往会影响一辈子的幸福。

　　就像生意一样，婚姻也是需要经营的。很多人做生意时有永远用不完的精力和热情，但在面对婚姻时，却永远是听之任之、顺其自然的态度，仿佛结了婚就万事大吉了。其实，经营婚姻比经营生意复杂多了，所以更要有耐心、有理性、有计划、有目标。

1. 找个 D 等男人, 培养成 A 等老公

"旺夫"这个词虽然有迷信色彩, 但实际上就是说聪明的小主妇会想办法把老公的潜能调动起来, 让老公在为人处世方面变得成熟稳重, 在事业上能顺利发展。这不就离咱们的"嫁 A 等老公"的理想不远了吗? 套用一句广告语——他好, 我也好!

虽然说女人的幸福不能全部维系在一个男人身上, 可是幸福美满的婚姻却是所有女人都向往的。

婚姻就像投资, 找老公就是选项目。投资, 就要找一个好项目; 找老公, 就要找一个好男人。但是好项目大家都关注, 投入成本高, 还不一定能抢到手; 好男人, 一样很多人关注, 还没有到眼前, 就被别人抢跑了。好项目, 好男人, 下手没有最早, 只有更早。

社会越来越进步, 女人越来越能干, 越来越优秀, 可是好老公却越来越难找。看看那些征婚的女性, 大多是容貌俊秀、体态婀娜、学富五车, 唯一的不足就是年龄越来越大。都说"男人三十一朵花, 女人三十豆腐渣", 难道我们真的已经进入了传说中的"剩女时代"?

很多女人在不停筛选老公候选人, 不知不觉中消耗掉了自己的资本, 转眼就年过三十, 男人三十而立, 女人三十必须有个男人才立得起来。看到这

里，很多有独立意识的女性一定要对我拍砖了，呵呵，我没有别的意思，这个观点仅适用于像我这样思想守旧的小女人。

投资的时候找不到好项目，你可以退而求其次，因为项目是可以培养的，把握好时机，下手稳、准、狠，你也能捞到一个赚钱的项目。同理，找老公也是一样，A 等男人不多，但是 A 等老公不少，这些都是从 B 等、C 等、D 等男人中培养出来的。这样投资小，成效还很明显，非常符合当今社会的发展需要。没办法，想结婚，那就找个 B 等、C 等、D 等男人培养成 A 等老公吧。当然，这对你的"老公经营能力"是一个很大的考验。

曾经的我一向以 A 等女人自居，上得了厅堂（能说普通话、认得中国字），下得了厨房（会煎荷包蛋、能煮白米饭），一直伸长脖子等着 A 等男人脚踩七色云彩、身披黄金战甲、手托大钻戒向我求婚。但是，说一个粗俗的比喻，青春就像卫生纸，看着好多，用着用着就没了。有一天，我看着用了一半的卫生纸，突然就联想到了自己的青春，便赶紧调整自己的择偶思路。

于是，宝哥这个 D 等男人（希望老公看到这里不要骂我，嘿嘿）就出现在我的视线里了。其实，宝哥一直都在我身边晃悠，只是我之前眼高于顶，他那矮小的身影落不进我的瞳孔里。老公是我的前同事，他比我早参加工作一年，我刚刚走上工作岗位，就被他"瞄"上了，对我觊觎已久。

那时候，大家都刚参加工作不久，对环境也不熟悉，生活条件比较艰苦，什么娱乐活动都没有，宿舍里也没有电视，他就把他唯一的小电视借给了我。然后，他顺理成章地到我的宿舍看看电视、聊聊天，无事献殷勤。偶那时候也是一个前途大好的"革命女青年"啊，刚刚参加工作，怎么能那么快沉溺于卿卿我我的情情爱爱中去呢？

正好有一天要出差，时间还挺长，我就赶紧把电视还回去了；等出差回来后，也坚决不要他的电视机，装成一副刻苦钻研业务的样子，夜夜都在办公室待到快睡觉才回来。让他碰了个不软不硬的钉子，他也没什么动作了。

其实，他要是再高那么 10 厘米，模样再周正那么几分，学历再高那么一

个台阶，家境再好那么几个层次，再来点儿大侠乔峰那样的男人豪气，俺也就顺水推舟了。（汗一个先，这样的男人轮的到我么？）

眨眼间就过两年了，等到连电线杆都不愿成为我男朋友的时候，回首望去，依然深情款款对我的只有他了。思来想去，俺的资本也不太多了，再不抓紧，可真得到大龄女青年那堆儿去了。就是他吧，改造改造，说不定还给培养成了极品男人，再不济也可以骑驴找马。（继续汗，我似乎太不厚道了。）

老公还是自己的好，再差的男人，成为你的老公之后，你也会当成一块宝。所以，谈恋爱之后，我就开始了"老公改造计划"，以韩国美容师的眼光对他进行包装、改造。

身高增加10厘米是不可能了，模样再周正一点儿更加不可能（除非去整容），只好尽可能用衣服包装他。人靠衣装，佛靠金装，包装他的原则是：买对的，更要买贵的。这是打扮男人最经济的手段，尤其像宝哥这种"其貌不扬"的男人。一身上千块钱的行头，让他不好意思驼背、凸肚，稍有疲态，我就严厉批评："穿上龙袍不像太子。"这价格高有价格高的好处，至少还可以当一件塑身衣。经过一段时间培训，终于能站如"矮松"、坐如"闹钟"、睡如"弯弓"了，不高的个头一挺起来就显得高了两厘米。也就这样了，我也不能要求太高。

其实，这些改造都是外在的、低层次的改造，才华与内涵才是男人的魅力所在，这方面的改造就要好好花点儿心思了。

当初宝哥给我的印象是一个书虫，害得我差点儿以为他是个博学多才之士，后来才知他仅仅和金庸、古龙、黄易比较熟而已，这些大侠封笔之后，宝哥饥不择食，连网上末流写手的小说也会看。这些小说无外乎是某某门派被灭门，独独留下一个身赋异秉的少年逃生，机缘巧合学得绝世武功，复仇……在这个过程中，无数美女爱上这个他，主动献身，最终仇家死了，美女左拥右抱。

这也许是天下男人的美梦，但宝哥这辈子都没有美女环伺的机会了，呵呵,有我在一旁虎视眈眈呢。韦小宝似的美梦刚刚开始,我立马很不适宜地出现,丢给他一堆《南风窗》、《三联生活周刊》、《经济观察报》等等我认为有品位的杂志和一些书籍。2007 年股市一片火红的时候,我还给他买了一堆股市入门书,如今股市"绿油油"的,这些书已经满是尘埃,把宝哥打造成巴菲特的计划算是彻底搁浅了。

　　幸好宝哥对自己工作还能得心应手,自己的工作项目全单位无出其右,当然,他们单位从事这个项目的人员不超过 6 个。2001 年起,单位开始进行大规模技术改造。这是一段艰苦的岁月,工作强度很大,宝哥经常晚上加班到深夜,甚至通宵达旦。对此我相当支持,男人就应该以事业为重,我主动做好后勤工作,也不要求宝哥给我"早请示晚汇报"了,让他全身心投入到项目改造中去。过去默默无闻、不起眼的宝哥,在这次技术改造中崭露头角。随后又在我的鼓励下到东北一年,忍受冬天的寒冷和狂风,也忍受着两地相思之苦,独立承担了一个项目的改造,之后又到东欧的一个小国参加了援建工程。一圈儿下来,宝哥在这个行业中也算是小有名气了,朋友们都称我挖了一个宝,哈哈,这难道不是我悉心打磨出来的珠宝吗?

　　"旺夫"这个词虽然有迷信色彩,但实际上就是说聪明的小主妇会想办法把老公的潜能调动起来,让老公在为人处世方面变得成熟稳重,在事业上能顺利发展。这不就离咱们的"嫁 A 等老公"的理想不远了吗? 套用一句广告语——他好,我也好!

　　老公事业有成,这就够了吗? 且慢,这种老公要么是赚钱的机器,要么就容易三心二意,恐怕没有哪个女人可以大方地把自己培养出来的老公拱手相让吧? 好女人可不仅仅是培养好老公的学校哦!

　　在事业上尽自己所能地帮助老公的同时,我不忘加深宝哥对《新三从四德》文件的领会。所谓"新三从四德",就是广大女性网友们总结出来的"太太出门要跟从,命令要服从,说错了要盲从;化妆要等得,生日要记得,打骂要忍得,花钱要舍得"。

真正的领会是要落实在行动上的：太太出门要跟从——怕我乱花钱；命令要服从，当然，不服从的时候，我一般以"将在外，君令有所不受"的理由原谅；说错了要盲从，买股票的时候，他盲从了我这个股盲，股价大跌，损失惨重，招致我一番贬损；过生日，除了结婚第一年我见过玫瑰，之后的每一年生日只能看到一把菜花——看完之后还能吃；花钱确实比较舍得，因为存折、信用卡是要上交给我保管的……

经过一番调教，宝哥基本上成了一个爱家的好男人，不抽烟不喝酒，不花天酒地，不藏私房钱，下班就回家，最多上网打打麻将……

"老公改造计划"大功告成之后，女人们就可以享受当初的投入所带来的回报了。

原以为宝哥是一个粗枝大叶的男人，却也有点点滴滴让我感动。怀孕的时候，我经常给宝哥培训月子护理课程，什么产妇不能沾凉水啦，不能晚上休息不好啦，要吃补血的东西啦……宝哥很是不耐烦，也难怪，我都不知道和他说的是第几十几遍了。但我还是担心在最重要的时候不能得到很好的照顾。

刚生完宝宝那天，我很兴奋，宝哥抱着和他长得"一模一样"的宝贝，又是兴奋，又是惊奇，又是开心。婆婆从老家过来照顾我和宝宝，因为婆婆年纪大，我们没有让她到医院来，所以只有宝哥在医院照顾我和宝贝。

宝哥忙上忙下，单是拎水就跑了四五趟，除了把热水瓶装满，还把热水放凉用于洗漱。虽然是小事，但真的让我感动，原来他早就把我说的记在心里了，也是这样做的。

晚上，宝贝一会儿要吃，一会儿要拉，全是宝哥伺候这个小祖宗。这个"好习惯"，宝哥一直保持到如今，所以现在宝贝晚上要有什么事情，一睁眼，张嘴就是老爸。我这做妈的，乐得继续睡觉，做我的春秋大梦。

说了这么多，各位姐妹们评判一下，看我的宝哥是不是算得上一个 A 等老公呢？嘿嘿，我的要求不算高，已经挺知足的了。

最后提醒想结婚的姐妹们一下：选择 D 等男人虽是女人屈服于现实的无奈选择，但还是要仔细甄别一下这个男人的本质：是否诚恳、朴实、上进，是否有赌博等不可原谅的恶习。如果这个男人缺少那些做人的良好品质，又有一些恶习，请一定要远离，不要以为自己是救世主，不要认为什么样的男人你都能改造得了。

 ## 优雅小主妇私密互动

cindy8484：男友家里条件很一般，可以说是不好，但是对我很好，也是个好男人，我家人都喜欢。现在男友和我一起回到我的家乡，他工作，我准备开店做生意，马上就开业了。但谈到结婚的事情我就很发愁，没有房子，他家里也拿不出多少钱，虽然我家里有几套房，就算买新房子也不成问题，但是他会觉得没面子，而且我们家人心里也会不痛快，女儿嫁人，男方连房子都没有，在我们这边也太说不过去了，真是愁得不知道怎么办！

淡若椰风：男人多半要面子，未必是坏事。其实对你们来说，房子本不是问题，你们都认为男人应该承担更多的责任，尤其是经济责任。

此事在你，如果你认为他是有责任感、正直、踏实肯干的男人，能给你温暖的未来，我建议，不要在意房子的问题，多和他沟通，先结婚，然后再置业也是可以的。你心理上一定要否认"男人必须买房才能娶老婆"这个观点，因为男人有足够的时间等待婚姻，而女人很容易就老了。

yebin1019：我 167 厘米的身高，男朋友只有 170 厘米多点，如果跟他结婚，我就完全没有穿高跟鞋的乐趣了。我们俩的感情可以说是"马拉松"式的，我们是高中同学，大学时走到一起……都有六七年了，我们还没有结婚。我总是犹豫，最主要的还是因为身高，当然不可以跟他说。每每看到别人都是小鸟依人，很是羡慕……他很体贴，同学们都说他稳重，的确，他做事情都要三思而后行。工作几年了，总觉得自己一直很依赖他，但是又不想这样结婚，总觉得看到这样的两个人,别人会怎么想呢?可能是我自恋一点儿,加上周围人的赞美、恭维,感觉自己整体还不错……总是在郁闷之中,因为在大家看来,我可以找到更好的。我发现自己对他的依赖大于爱……我们在一起更像是情人,总觉得没有夫妻之间那种踏实的感觉……

淡若椰风:想问问你,一双鞋,是漂亮重要,还是合脚重要?答案你自己明白。如果你只是因为身高的问题而不想结婚,那我告诉你,我是166厘米,我老公168厘米,你男朋友至少上了170厘米。两人相处,你觉得是个头相配重要,还是心有灵犀重要啊?

2. 这个家,谁当家

> 渐渐地我想明白了,更"会"花钱的人才能当家庭的财政部长。只要能够合理支配钱财,何必计较谁管钱这个问题呢? 其实,这项工作最吃力不讨好,偏偏很多夫妻争论不休,仿佛谁管钱谁在家里的地位就高,每每争到最后,说不定还要"兵戎相见"。

结婚以后谁管钱?

想必很多姐妹都为家庭"财政大权"的问题和老公进行过"双边会谈",激烈的时候还会发生"两伊战争"。"财政部长"这个职位看来还挺吃香的。

其实,这项工作最吃力不讨好,偏偏很多夫妻争论不休,仿佛谁管钱谁在家里的地位就高,每每争到最后,说不定还要"兵戎相见"。我也不能免俗,我和宝哥结婚不久,就展开了"财政争夺战"。

虽然我在刚刚开始恋爱时就向宝哥宣布"由我来管钱",但我知道我的数学不怎么灵光,1+1 都经常被我算成 3,那点儿微薄的家底子,算过 N 遍也算不清楚。(不好意思,给我几分钟,让我去点点存款,我又不记得俺家存折上还有多少钱了,够不够俺闺女的学费和保险费。)

宝哥深知我的算术能力,他经常被拖着"清算家庭资产",不胜其烦。虽然我多次提出要掌管财政大权,但宝哥不管我如何威逼利诱,坚决不松口。我又不是一个能沉得住气的人，没过多久，我就明刀明枪地和他"开火"了。

"不让我管钱，我怎么能有地位？不让我管钱，我没有面子！！！"这虽然完全不是理由，可我却喊得气壮如牛。宝哥的"太极推手"着实练得不错，从来不和我硬碰，我的招术打出来，基本上就像泥牛入海。那时我们还在同一个单位，双方的工资、福利等等谁也别想藏一分钱。经过漫长的多回合拉锯战，都没有明确家庭的"财政部长"职位人选，不过值得欣慰的是，宝哥花出去的每一分钱都在我的掌控之中。

话说回来，宝哥确实是个 21 世纪的好男人，不抽烟不喝酒，唯一的爱好就是上网打打麻将，所以他的日常花销让我无可挑剔。可是我的支出，不用他批判，我自己都要经常检讨检讨。就比如上淘宝买衣服，一看到图片，我心里就要狂长草，忍不住就要买，一买就是一大堆；可往往收到的衣服就是最强效的除草剂，心中的草基本上除干净了，因为实物和图片的距离真的很遥远，但我还说不出来差距到底在哪儿。不过，心中的"败家"念头就如野草，那真是"野火烧不尽，春风吹又生"，看到了美图，我依然不争气地动心，然后又是疯狂"败家"，然后又是新一轮的"拔草运动"。

其实，理财的确是一个需要每个人慢慢去摸索的过程，找到适合自己的方法才行。宝哥和我都不是财经专业毕业的，所以刚开始的时候完全不知如何理财。宝哥是穷苦人家出身，"节省"是他刚参加工作时唯一的理财办法，1997 年底，刚参加工作一年半的他居然存了一万块，要知道那时他的月收入也不过 800 元。我那时是个没心没肺的小丫头，存款到了 1000 元，都能让自己美得冒泡泡，但那之后钱就存不住了，不是买衣服就是买包包。宝哥和我恋爱后，完全被我拖下水，存款的数额不断减少。不过，那时候正好赶上了福利买房，我们两个人的资金全用上了，所以我想乱花钱也没有了。

过了一阵子，两个人的资金又有了富余，潜藏在我心底的购物欲又冒了出来。不过，刚冒了一个小头，宝哥就严肃地告诉我，要装修房子，然后风风光光地娶我进门，于是，担心嫁不出去的我马上收敛身心，省钱搞装修了。

宝哥不爱花钱,更不愿动脑筋装修,而我正好相反,装修就我一个人操持了。大笔大笔的钱哗啦啦地砸进房子里,我们每个月的工资很快就"物化"成3盏灯、5个盆、6个水龙头……那段时间,我才深刻明白什么叫捉襟见肘,每个月发工资那天是我最企盼的日子,心情就像灾民等待开仓赈粮那样急迫。那样的生活也让我深刻明白,工资就像一眼泉水,虽然不多,但用之不竭,所以,我再也不轻言辞职、自己当老板这些话了。

现在回想起来,要感谢那段买房、装修的岁月,虽然窘迫,但是至少钱花得值,否则,估计那些钱会被我全部败光。所以,在工作初期的时候,不懂理财不要紧,喜欢花钱也不要紧,但一定要找一个值得花的事情。如果这个事情花掉了足够多的钱,也就没有太多的钱能让你"零花"了。

渐渐地我想明白了,更"会"花钱的人才能当家庭的财政部长。只要能够合理支配钱财,何必计较谁管钱这个问题呢?想明白之后,我们家的财政大权就像我国的一个外交方针:搁置争议,共同开发。没有明确谁是财政部长,两个人都可以随时调用资金,前提是必须告知对方。当然,我和宝哥属于比较会过日子的"柴米夫妻",也没有什么见不得光的花费,而且在理财观念、消费观念、双方亲友财务支持等方面都比较一致,所以也没有出现更多的问题。

其实,看过很多文章,大多数夫妻在支出方面的争吵,主要是在给双方父母的钱这一点上。我想在这点上,姿态高点儿会更好。

谈恋爱时,我家里发生重大变故,我对自家的援助可以说是不计成本,从2000年至今,援助家里的实物和钱财累计不少于35万,这些都不可能会有回报,当然我也不可能要求回报,因为父母把我们养大,这个恩情是多少钱都买不来的。对于我的这些行为,宝哥毫无怨言,因此对待他的亲人,我会很主动地给予经济支援。所以在给父母钱财方面,宝哥对我也非常满意。但我知道,比起他,我做的其实还是欠缺很多。

优雅小主妇私密互动

crane524chen：我目前结婚不到一年，在 SZ 无任何房产，也没进行任何投资，觉得生活没什么目标和方向，SZ 的房子现在贵得都不敢买。老公的收入比我高很多，我的迷茫可能在于和他的差距怎样缩小！

淡若椰风：女人要有这种观念：自己的钱是自己的，老公的钱也是自己的，当然，反过来说也是一样。我换了一份工作后，和老公的收入差距开始拉大，他的收入几乎是我的两倍了，但是我从来没有收入决定家庭地位的观念，宝哥也没有。夫妻在家庭中都是平等的，不要害怕自己收入低。学会打理家庭资产，学会让家庭充满快乐和温馨，谁会说你仅仅因为收入少就在家庭中不重要呢？

3. 没有面包,爱情无可依附

> 对女人来说,没有比选择婚姻、选择男人更重要的事情了。女人啊,要懂得爱自己,才能赢得可靠的爱情。面包和爱情是不具有可比性的,所谓面包和爱情的比较,从来都不是比较两者,而只是比较面包的大小。没有面包,爱情无可依附。

写下这个题目,芳芳表妹跃然出现在脑海,她说过一句话:"面包和爱情,我选择爱情。"如今,这句话在我耳边反复回响。

表妹没谈恋爱的时候,是一个很好的女孩,勤劳朴实,还有点儿思想。虽然在农村长大,但走南闯北打拼过,所以眼光也不至于短浅,也很有责任感,在外面赚的钱大部分都寄回家里,在她家比较困难的那几年,她的父母都称她是家中的"顶梁柱"。

后来,芳芳表妹与一个离了婚的"拖油瓶"男人通过网络恋爱了。这个男人没有工作,在家待业好几年了。这段感情遭到了父母的反对,但芳芳表妹为了和那个男人结婚,不惜与家庭决裂,从家里偷出户口本去领结婚证。她爸妈只要提起来就唉声叹气,所以,亲戚们从来不在他们面前说这事。

我知道这件事,是因为表妹和我借钱。2007年11月,许久没有联络的芳芳表妹给我打了个电话,闲聊几句之后她就直奔主题,提出借1000元钱,说是和老公一起做生意。我问做什么生意,她回答得很含糊,只说是小生意。在询问中,我得知表妹的老公大她9岁,失业多年。我提醒她,这个男人似乎靠不住,但表妹一听这话,开始滔滔不绝地说起和老公的崇高爱情,还直言不讳地告诉我:爱情和面包,她选择爱情。

我知道,即使再小的生意,1000元也是远远不够的,所以她借的这1000元就是应急用,而不是做生意。虽然她的话让我起疑,但小时候我们的感情不错,再加上数额不大,我还是借给了她。如果不还,就算是送给她的结婚礼金吧,但如果再借,就没第二次了。

答应芳芳表妹之后,明显感觉她松了一口气,立刻给我用短信发过来汇款的账号。晚上的时候,她又打了一个电话提醒我记得汇款。第二天汇款之后,我短信给她"收到请回复",却如石沉大海,杳无音讯了。我心下立刻不爽到了极点,"媳妇娶进门,媒婆丢过墙"。后来打电话给其他亲友,却发现表妹比我想象的还要糟,几乎所有的亲友都被她借过钱,自然是一个都没还。大家一致认为,芳芳表妹被那个男人洗了脑,堕落成了一个不劳而获的人。"就算是补送给他们的结婚红包吧!"我自我安慰。

这件事过去一个月后,芳芳表妹的电话又来了,主题还是"借钱",这回是2000元了。好嘛,把俺当自动提款机了,指望每个月像发工资一样给她打款了。这回,我像自动提款机报"输入密码错误"一样生冷地拒绝了她,她不死心,连续打了几个电话,借钱数额从2000元降到1000元,最后又降到500元。她用可怜巴巴却又带揶揄的口气说:"你手头上不会连500块钱都没有吧?"我回道:"对不起,给了你,我就没钱吃饭了。"说完,我没有给她机会,立刻挂了电话。过了一会儿,堂姐打来电话,说芳芳表妹也向她借钱了,堂姐拒绝后,表妹居然打电话向堂姐夫借钱,堂姐夫自然也不愿意,但芳芳表妹说:"500块没有,300块总有吧?200块总有吧?"堂姐夫被缠得没办法,只好用500元把她给打发了。回家后堂姐夫向堂姐发火,堂姐气得不行,又来向我倾诉。

　　谈到芳芳表妹，亲戚们齐齐摇头，觉得她已经靠骗钱为生了，过去那个自立要强的女孩再也看不到了。我们更加认为是那个男人带坏了表妹，不知那个男人给她灌了什么迷魂汤，让她死心塌地地为他到处骗钱。

　　又过了三个月，芳芳表妹又来电话了，三句话不离"本行"——借钱。这次的理由是创业，说是已经租好店面，买了设备，万事俱备，只欠现金了。为了打动我，她把创业前景都给我分析了一遍，足足说了 20 分钟，但我问店面在哪里，她却支支吾吾说不上来。我的回答很简单，两个字：不借。之后，表妹又来了两个电话，我一概不接。

　　看过芳芳表妹的故事，你是不是觉得很心酸、很心痛？虽然我那么生硬地拒绝了她，但内心却很痛苦，因为她毕竟是我的表妹啊！

　　对女人来说，没有比选择婚姻、选择男人更重要的事情了。如果芳芳表妹不是遇人不淑，也不至于落到如此境地。我对她的爱情保持敬意，也知道她应该是很爱很爱那个男人，所以不惜与家庭决裂，也不惜放下脸面、放下尊严去为这个男人借钱。可这个男人又为她做了什么？我没有看到，我只知道他不去工作，不承担家庭的责任，让女人到处借钱养活他和他的儿子。

　　希望芳芳表妹能够在无钱可借的困境中明白，她选错了男人。女人啊，要懂得爱自己，才能赢得可靠的爱情。面包和爱情是不具有可比性的，所谓面包和爱情的比较，从来都不是比较两者，而只是比较面包的大小。没有面包，爱情无可依附。

　　寻找相扶一辈子的爱人，就是选项目。这个项目值不值得你倾尽全部的情感？如果不值得，千万不要投入，就像中国的股市，对它抱有多大的希望，就会有多大的失望。

4. 把"笨哥哥"变成"富爸爸"

> 家庭理财要夫妻同心，千万别让老公当甩手掌柜的。相信我，不要抱怨自己的老公不会赚钱、不会理财，多花点儿心思，你完全可以把"笨哥哥"培养成"富爸爸"，这样，家庭凝聚财富的力量将会不断增长。好多姐妹都会娇嗔地说自己的老公、男友"笨死了"，说实话，他一点儿都不笨，否则当初你为什么选他？

夫妻同心，其利断金。如果在理财投资方面小两口都能达成一致意见，那种夫唱妇随的感觉多么惬意啊！咱们小主妇再辛苦地赚钱，再精明地理财，也架不住家中有个只会花钱不会赚钱的"大爷"。我一直有个"伟大"的理想，把我的老公培养成中国的巴菲特。哈哈，姐妹们先别急着嫉妒我，因为这个理想早已经破灭了。其实说实话，我对我们家宝哥的要求没那么高，只希望他有理财的意识，会赚钱、会花钱，这就够了。

在赚钱方面，我家宝哥是个彻头彻尾的"笨哥哥"，典型的小农思想。没有认识我之前，最大的追求就是"楼上楼下，电灯电话"，总觉得"三十亩地一头牛，老婆孩子热炕头"是世界上最幸福的生活。

自从遇上了我这个向往小资生活的女人，"小资"与"小农"发生了激烈碰撞，斗争的结果是，宝哥那"你耕田来我织布"的"小农"思想彻底破灭，"小资"

取得了决定性胜利。

刚参加工作时,宝哥是个老实的乖孩子,深知自家父母是面朝黄土背朝天的劳苦大众,要娶媳妇只能靠自己赚钱,所以,从拿到第一个月工资起就不敢乱花钱,吃食堂、挤公交,衣服只到批发市场买……这样省吃俭用,愣是把工资的一多半给存下来了。一年之后,全单位都惊叹宝哥竟然存下了一万多块。要知道,这对一个刚毕业的人来说是多么不容易啊!

本来,宝哥准备再接再厉,继续攒娶老婆的钱,但遇上了我之后,他的节俭遭到我的耻笑。这样的省法,沤钱在那里准备发芽啊?要想娶老婆得等到猴年马月去啊? 身为小商人的后代,小时候就常见钱来钱往,7 岁时我就知道,钱放在那里就是"死钱",只有把钱流转起来才有利润,宝哥的"存钱经"自然会被我严重鄙视。

要破除宝哥脑袋里的"小农"思想,首先要让他学习资本的概念。

要想学会游泳,就必须到水里去,于是,我直接把宝哥丢进入了股市。2001 年,宝哥揣着 5000 元跳入股市,结果忘了背一个游泳圈,一下水没多久,就被呛了好几口。股票缩水,就像剐掉了他的一块肉,这可是他辛辛苦苦赚来的呀! 忆苦思甜,回想当年在田间劳作,几个月,几亩地,几斤汗,千百斤米,换回的虽然不多,但却是实实在在的钞票。但在股市里,一眨眼的功夫,指数蹦跶一下,钱就没了,凭空蒸发了,你说他能不心疼吗?

相比宝哥,我小的时候没吃过多少苦,对钱财损失的承受能力要大过宝哥,对我来说,只要没有"割肉",5000 元和 4000 元没有什么区别,只是符号不同而已。

经过我的初步教育和耐心开导,宝哥慢慢也就平静了下来,随后股市一直低迷不起,那几千块钱的股票被宝哥逐渐抛到了脑后。没想到过了两年,股市迎来一波牛市,居然还赚了一些,就赶紧出来了。一算,比银行同期利率高了不少。这下宝哥彻底动心了,资本赚钱可比当年他在田地里卖苦力赚钱强多了。有了这次投资,加上我狂热地灌输投资理念,宝哥渐渐不把钱当佛爷那样供在那里了,经常也会想着该往哪个方向投资。思想观念一旦突破了固有的束缚,那变化是相当的大。

2005年,黄金价格还不算太高。有一次坐出租车,收音机里播了一条广告,说有一种纯金制成的书,可以收藏增值。宝哥一听就上了心,中国的经济势头发展很好,黄金投资的前景相当不错,和我商量之后,在面临三套房的贷款压力之下,我们还是拿出全部的流动资金买下一本金书收藏。之后,黄金价格一路飙升。对应今天的价格,如果只按普通黄金价格来算,这本金书也让我们小赚了一笔。但宝哥在多次研究之后,还是认为当初买金书是一个失误,应该选择买实物金,就是金砖、金条,不应该买首饰、金书之类的。因为首饰的人工费多,而在套现过程中,手工费是不值钱的;而收藏类的黄金产品,我们完全不懂行,投资和购买的风险太大。宝哥多次上网查询这本金书究竟价值几何,结果也没查出个所以然来,而且交易脱手也比较困难,所以,这样的黄金产品对我们这样的"非专业收藏人士"来说,不是最好的选择。

呵呵,听着宝哥的滔滔宏论,我的"小心花"不由得开始怒放,"青出于蓝而胜于蓝",我们家宝哥可以出师了。

我有一个朋友,他老婆是个狂热的麻将爱好者。曾经听一些朋友讲,她每日打完麻将回家,第一件事就是数钱,第二件事就是写搓麻心得,十余年来从未间断。原来成为麻坛宗师级别的人物,也离不开一个勤字,这真是"宝剑锋从磨砺出,梅花香自苦寒来"!什么叫"世上无难事,只怕有心人"?这就是活生生的教材啊!

我虽然痛恨赌博,但从另一个角度看,这件事也给我不少启发。于是,我多次跟宝哥讲这位麻坛高人的典故,当然,不是叫宝哥学人家去打麻将,而是学人家的"用心"。我给宝哥布置的家庭作业是:每天在股市闭市之后写一篇股票心得,每周末交一篇"一周股评分析"。虽然宝哥总是偷懒,经常不完成作业,但是在研究股市方面,他还是下了一些工夫的,主动了解财经信息、个股行情,进行技术性分析,财经书籍也看了不少。如今,在专业理论知识方面,宝哥比我强多了,所以,俺家的股票就由宝哥全权打理了。

家庭理财要夫妻同心,千万别让老公当甩手掌柜的。相信我,不要抱怨自己的老公不会赚钱、不会理财,多花点儿心思,你完全可以把"笨哥哥"培养成"富爸爸",这样,家庭凝聚财富的力量将会不断增长。好多姐妹都会娇嗔地说自己的老公、男友"笨死了",说实话,他一点儿都不笨,否则当初你为什么选他?

 优雅小主妇私密互动

该冒泡了:椰风你太有才了!我老婆跟你不一样,我老婆巴不得我不上进,她最大的担心就是我哪天发大财了就离开她了,她觉得我现在这样挺好,不知你们两个谁的心态才是对的?

淡若椰风:呵呵,具体问题具体分析,理财方面宝哥和我非常一致,所以他的改造还是非常主动的。不知你是不是属于"有钱就变坏"的那种类型呢?如果是,那就是你没有给她足够的信心,天下的女人都怕好不容易培养出一个有钱的老公,最后却送给别人了。

5. 夫妻本是同林鸟，困难来时怎能各自飞

> 　　如果说老公是家庭中的顶梁柱，那么，妻子就是这根顶梁柱的基础。老公做生意失败，或者工作上不顺利，或者生病，这是最让小主妇们揪心的事情。不过，这种困境，也是对我们小主妇的一个考验。"有福同享，有难同当"，说的不只是兄弟、朋友，更是夫妻。

　　婚宴上，司仪问新娘："你愿意嫁给他，并且无论贫穷或是疾病，你都一如既往地爱他吗？"所有的新娘都不假思索地说："我愿意。"

　　这是姐妹们在看电影时最喜欢的场景了，那代表一段幸福婚姻的开始。但生活从来都不是如此简单的，"我愿意"这三个字的分量到底有多少？你真的能做到无怨无悔？无论贫穷或是疾病，你真的能一如既往地爱他吗？你真的能对爱人不离不弃，一辈子相守吗？

　　冬冬是我的大学室友，大四那年，已经被保送研究生的她，选择了同学松——一个患小儿麻痹症的男生作为自己的爱人。当时，我很佩服冬冬，选择爱情不惧世俗的眼光，追寻内心的真爱。

　　研究生毕业后，冬冬随松去了上海并结了婚、安了家，很快就有了一个虎头虎脑的儿子。童话中，通常会用"王子和公主从此过着幸福的生活"作为结尾，因为婚后的生活不是童话的语言能够描绘的，生活的艰辛往往从结

婚开始。

松硕士毕业后,顺顺当当考上了博士,女生们每回和冬冬笑谈,说:"你不用读书了,轻轻松松也是个'博士后'。"冬冬的脸上尽是笑意,却没想到松因这个"博士"而改变了。因为和导师闹翻,且又不肯请客送礼,松读博士读了五年都不能毕业。

中国有句古话叫"福无双至,祸不单行",有时候,不幸会接二连三地降临到人们头上。这时候,你千万要挺住,因为总有雨过天晴、柳暗花明的那一天,老天爷从不故意刁难某一个人。但松却因为这些打击而消沉起来,博士不能毕业,就业又不顺利,在一次次的挫折中,本来就因小儿麻痹症而藏在心底的自卑变得更加深重,松像一只鸵鸟一样把自己埋起来,消沉落寞,不愿出门,不愿求职。有同学想帮他找找工作,让他传一份简历,他都一拖再拖。

看着心爱的丈夫如此,冬冬怎能不心疼?心疼又会演变成心痛,但冬冬却是坚强的,不抱怨、不责怪,她相信自己的丈夫只是一时困顿,冬冬依然温柔细致、小心翼翼地呵护松的自尊和自傲。在外面,冬冬也从不向任何人提起这些事;她用自己努力工作换回来的薪水,承担家庭的全部开支,把家里打理得井井有条,儿子的教育也从未放松过。同时,也没忘了帮助丈夫走出自卑的阴影,还积极替他寻找适合的岗位。最后,在同学的帮助下,松在一家公司找到了一个技术工作的职位,尽管屈才,但好歹也是走出了第一步。松的自信一点一点找回来了,冬冬总算舒了一口气,这个家庭也逐渐过上了幸福、安稳的日子。

后来,南昌一所大学的研究所邀请松加盟,和妻子商议之后,喜欢从事科研的松选择了回南昌。冬冬也辞了本来很好的工作,和丈夫一起回到南昌。不久之后,冬冬和两个朋友合伙投资30多万,在南昌开了一家高级美容院,专心打理美容事业。当年,他们就在南昌买了房,如今儿子都读小学了,家庭依旧幸福美满。

幸福的家庭都是相似的,不幸的家庭各有各的不幸。面对困难,作为妻子、作为母亲,你选择什么样的心态,就会有什么样的结果。如果你是乐观的、坚强的,那生活最终会给你满意的回报;如果你悲观、消沉,那生活回报给你的肯定是更阴冷的"寒冬"。冬冬的坚韧顽强,让整个家庭走出了困境。对老公,她付出了很多,始终不离不弃,我们姐妹们见面聊天,从来没听到过她说一句抱怨的话,她永远都带着明媚的笑,絮絮地说儿子的成长、丈夫的研究工作和她自己的美丽事业。家庭的和谐,也给她的生意带来了好运,她开的这家美容院,如今已有十多个加盟店了,生意做到了我们江西的好多地方。

　　如果说老公是家庭中的顶梁柱,那么,妻子就是这根顶梁柱的基础。老公做生意失败,或者工作上不顺利,或者生病,这是最让小主妇们揪心的事情。不过,这种困境,也是对我们小主妇的一个考验。"有福同享,有难同当",说的不只是兄弟、朋友,更是夫妻。我说过,如果你是乐观的,生活肯定会给你满意的回报,面对困境,只要夫妻共同努力,总会有变好的那一天。这时候,做妻子的千万不要给丈夫"火上浇油",最忌讳冷言冷语加嘲讽,要做好丈夫温柔的后盾,细心维护男人的自尊心,要用十二分的热情鼓励老公,要让他知道:只要坚持,只要奋斗,希望的曙光就会来到。

　　要记住,老公就是一个长不大的孩子,需要你付出母亲般的温柔和耐心,你的鼓励就是他不竭的动力。

优雅小主妇私密互动

　　三文鱼巧克力:我和老公都不是正规单位的,我从怀孕到小孩3岁这段时间一直没工作,最近才到家附近的一个小公司上班。老公从去年9月跟合伙人分开之后就没再出来做事,两个人不工作的时候基本就得"吃老本",这种情况对于女人来说是非常不安全的。今年以来,我们两人的矛盾也特别多,老公一度迷恋上网,因为这些原因我们老吵架,我差点儿就失去了继续在一起的勇气,但是想想可爱的孩子,一切只有忍耐,真的想让理智的椰风给我一些建议。我老觉得老公的失败是因为我这个做老婆的没有"调教"好,我到底应该怎么办呢?结婚以前,我们的生活质量还是比较高的,结婚以后越来越倒退,这种落差让我们很不适应,现在的状况基本就是我们都在避免谈实际的话题,但是逃避没有任何作用……请椰风给点儿意见好吗?

淡若椰风:关于你老公的工作这个情况,我感觉和我弟弟前一段时间,确切地说是这10年间的状况很相似。10年前,他一时冲动辞掉了公职,然后从2000年开始处于半失业状态。这期间我也很苦闷,经常口不择言地呵斥他,因为我觉得他不够上进,自己不努力。后来到了2005年,他才找到适合自己的道路,直到现在,他的工作终于比较稳定,收入提高了很多,各方面都有了保障,我也算松了一口气。男人在工作方面受到挫折,很容易一蹶不振,因为他们的事业心普遍比我们女人重。男人一旦消沉,就会觉得事业上没什么希望了,觉得很难再找到适合自己的工作,于是更加不愿出去工作,这样一来,容易恶性循环,严重打击他的自信。这时候,女人要耐心,要拿出对孩子一样的耐心,要鼓励他,不能让他失去自信——男人最重要的品格就是自信。工作可以慢慢找,钱多钱少都不是问题,主要是让他乐观起来,如果自信回来了,赚钱就不是问题了。记住,其实男人失意的时候比女人、小孩都脆弱,有的人会用狂躁或不切实际的自傲来掩盖自己的忧虑。小妹,考验你的时候到了,希望你能挺过这一关,让自己的家庭迎来春天。

6. 新理财时代的"私房钱"

> 私房钱和家庭的关系,就如军队和国家的关系。军队是保障国家安全的,但如果军队过于庞大,导致军费开支过大,也会影响国家的发展。

先给大家讲一个故事吧!

古时候,有位女子要出嫁,母亲就告诉待嫁的女儿说:"到夫家后,要拼命存私房钱,免得有什么意外,将来被休了,生活无所依靠!"女子嫁到夫家后,真的遵循母亲"教诲",努力存私房钱。有一天,婆婆发现媳妇存了很多私房钱,大怒,让儿子休了媳妇。这个媳妇却没有任何难过悲伤,回到娘家后就告诉母亲:"娘说得真对!还好我存了许多私房钱。"

私房钱是一个颇具争议性的话题,夫妻双方都不喜欢对方藏私房钱,但是会有一些父母在儿子娶老婆、女儿出嫁之前"千叮咛万嘱咐":"孩子,夫妻本是同林鸟,大难来时各自飞,要藏点儿私房钱给自己备着啊!"当然,大多数夫妻藏私房钱,不一定都是父母"教唆"的。

在古代,嫁鸡随鸡,嫁狗随狗,广大妇女同志们没有什么发言权。但现在,小主妇们已经全面"夺权"了,如今的家庭财政大权大多数都是由妻子掌控的。我就经常教导我们家宝哥:"你的就是我的,我的还是我的。"有时候,宝哥鹦鹉学舌："你的就是我的，我的还是我的。"被我狠狠敲了一个"毛栗子"后，赶紧改正："我的就是你的，你的还是你的。"既然如此，整个家的资产都是我的私房钱了，还用得着藏吗？

理财上有一句名言：不要把鸡蛋放在同一个篮子里。我跟老公曾经在同一家单位，为了避免"一荣俱荣，一损俱损"的状况，我换了一家单位，两只"鸡蛋"就这样分开了！离开原单位之后，宝哥的收入就不能时时掌握了，不过我有那么多的好姐妹在，她们都是我的眼线，宝哥单位发多少奖金、多少过节费，我当天就能知道。好多人都说，找对象不能在本单位找，嘿嘿，各位明白这句话的深义了吧？真是至理名言啊——没办法藏私房钱。

宝哥"瞧不起"我猎犬似的对他监控，经常贬损我："这点儿钱就让你激动成那样？"一副视金钱如粪土的样子，不过呢，我知道他其实也很爱金钱啊——谁不爱呢？

其实啊，我根本不用眼线监控，他那点儿收入我也能"门儿清"。只要喝点小酒，宝哥就会变得极度兴奋，滔滔不绝。记得有一次，宝哥喝完酒回到家，我坐在电脑旁，他就站在电脑旁，我上厨房，他跟着我到厨房，甚至我上卫生间，他还要站在卫生间门口不让我关门，向我汇报：薪水加了多少钱，又要发多少加班费，竹筒倒豆一颗不剩，整整说了三遍。从此以后，只要我想知道他的收入情况，给他灌点儿"黄汤"，保证他连短裤里藏的一块钱都会向我坦白。

说完老公的那点儿糗事，再给大家讲一个我同学的故事吧。晓芸是我的初中同学，初中毕业后就不读了，她泼辣能干、眼光准，敢闯敢拼，全靠自己打开天地，从小小服装店做起，越做越大。在半死不活的国企混日子的老公干脆辞了职和她一起开公司。五年前，两口子到上海淘金，每年的收入少说也有六七十万。虽然也不算特别多，但在我们"穷人"眼里，已经是天文数字了。

公司效益好，钱来钱去如流水，花起来也就痛快。而且，晓芸的老公喜欢打麻将，数额还越来越大。晓芸心里隐隐有些担心，在别人提醒下，悄悄存起了私房钱，开销上省一点，业务留存多一点，一年下来，居然存了将近30万元的私房钱,而且老公一点儿都没有发觉。

晓芸和老公的感情很好,存私房钱的初衷并不是不信任,只是担心老公打麻将上瘾,越赌越大,留点儿私房钱好应急。晓芸自己都没有想到,一个不大的夫妻店能有这么大的利润,一年的私房钱都比别人的年收入高很多,也暗自感叹原来的开销实在太大了。后来,晓芸又怕这么多钱让老公发现伤了感情,就偷偷买了一套小小的房子收租金。

哪知后来风云突变,我国的出口行业受到打击,两口子的夫妻店主要就是以外贸物流为主,好几个月接不到订单,资金一下紧张起来,幸好晓芸攒下了私房钱,卖掉这套小房子后,补足了资金缺口。现在,生意运转良好,利润不仅不减,还有所上升。

私房钱曝光后,老公不仅没有怪晓芸,还连连称赞她有远见,是旺夫、旺家之人。是啊,有这样的女人,做老公的只能没事偷着乐了!

其实,私房钱和家庭的关系,就如军队和国家的关系。军队是保障国家安全的,但如果军队过于庞大,导致军费开支过大,也会影响国家的发展。女人可以存一点儿私房钱,保证自己在婚姻中的安全,但是私房钱过多,势必会影响夫妻感情,甚至可能会导致婚姻的破裂。所以说,藏私房钱不要紧,但要有个度,有人曾经总结过四个原则,我在这里就借花献佛,摘编一下送给各位想存私房钱的姐妹们吧。

一是数额适度的原则。夫妻双方都有维护家庭、提高生活质量的义务,如果私房钱留得太多,必然会影响整个家庭的正常收支;如果太多,那就不能叫私房钱了,恐怕会有"谋反"的嫌疑。因此,攒私房钱应根据家庭收入情况而定,数额不宜超过家庭总收入的10%。

二是对家庭有益的原则。私房钱虽然是"隐蔽"的,但私房钱的用途不能"见不得光",不能将私房钱用于赌博等不当消费和开支,应"取之于家,用之于家"。比如,可以在节日、生日之际,为老公或孩子购买礼物,让家人感到惊喜,促进家庭和睦;如果老公的父母或是兄弟姐妹因看病等原因急需用钱,这时主动拿出私房钱,会"雪中送炭";孩子考上大学,用私房钱交学费,这时私房钱又会起到"锦上添花"的作用……如此一来,私房钱实际上成了家庭的"储备金"。同时,私房钱还可以用来孝敬父母和处理亲朋关系,这样又成了"亲情维护金"和"交际活动金"。当然,私房钱的最本质作用还是以备不时之需。

三是因人而异的原则。在积攒私房钱上,不同的家庭应当有不同的策略,如果丈夫不良嗜好较多,或者对家庭不忠诚,做妻子的就有必要攒一些私房钱。这样,一旦因丈夫无度消费而使家庭财务捉襟见肘时,私房钱可以派上用场;万一因丈夫有外遇导致家庭破裂时,私房钱又可以作为小主妇的"补偿"。当然,如果你自己攒私房钱,就不能限制老公也攒私房钱,总不能"只许州官放火,不许百姓点灯"吧? 另外,如果夫妻一方对攒私房钱非常反感,这时则最好将各种收入透明化,或者实行 AA 制。在某种意义上说,两人 AA 制实际上都是攒私房钱,比较公平合理,也就不会因一方擅自攒私房钱而引发家庭矛盾。

四是投资增值的原则。有一位钱币收藏爱好者,因为太太认为他"不学无术",所以他只好偷偷积攒私房钱来进行收藏投资,六年多的时间里,他先后投入三万多元购买了 40 枚刀币。后来,高中毕业的女儿将赴澳大利亚留学,家人正为学费而愁眉不展之时,他将刀币抛出,结果卖了 40 万,解了燃眉之急,全家皆大欢喜。相对于家庭总积蓄来说,私房钱的数额可能较小,于是许多人便随意存在银行甚至将现金东揶西藏,忽视了对这些钱的打理。其实,无论钱多钱少,都需要理财。这位收藏爱好者的私房钱也不是太多,却实现了很高的收益。所以,私房钱可以选择基金、股票、收藏等收益较高的投资渠道,既使有一些风险,对家庭生活也不会有多大影响,投资收益高了,还会为家庭锦上添花。

7. 离婚的成本到底有多高

先不说感情，单从经济角度来说，离婚也是件劳民伤财的事儿。夫妻一场，双方都付出了很多感情，付出了很多努力，当然也付出了很多金钱，一离婚，多多少少都会有种"吃亏"的感觉。

婚姻就像一件袍子，无论多么光鲜、多么艳丽，在柴米油盐的浸润中，也会产生污垢、灰尘、褶皱，时间长了还有可能破一个窟窿。旧的衣服可以随手扔掉，再买一件新的，但是婚姻不能这样随意，还是要洗洗涮涮、熨熨烫烫、缝缝补补。

先不说感情，单从经济角度来说，离婚也是件劳民伤财的事儿。夫妻一场，双方都付出了很多感情，付出了很多努力，当然也付出了很多金钱，一离婚，多多少少都会有种"吃亏"的感觉。

在西方，夫妻双方 AA 制、婚前财产公证……这些事情很普遍，大家都不会觉得尴尬。不过在我们东方，人情、面子还是非常重要的，我们不可能像西方那样。但我也发现我们中国人的一个问题，还没结婚时，两个人就开始把东西都放在一起，结婚之后，有的恨不得把两个人原先的家都合并在一起，可一旦感情破裂走到离婚这一步，核心话题就只有两个：孩子归谁抚养、家产怎么分。

于是，离婚总是要跟金钱扯上关系，离婚不仅仅是离婚本身，而是一堆钱、一堆东西、一套房子的事儿。闹得厉害的，恨不得把电视机从中间劈成两半，你一半我一半。总要有人要为这份破碎的婚姻买单，不是吗？不是此方就是彼方，或是双方。

讲一个身边的故事吧！一个叫姿姿的普通朋友，虽然叫姿姿，其实没有什么姿色。姿姿是家里最小的孩子，家里人都宠着。毕业后到了一个男人占绝大多数的单位里，这些男人属于"三年不见女人"的那种，见了丑女也会当貂蝉看。于是，姿姿每天被淹没在"美女""美女"的叫声中，自我感觉非常良好，这种良好的感觉一直维持到结婚后。

姿姿虽然文化水平不高，但能吃苦，肯干活，过日子也节俭，要说这小日子应该芝麻开花节节高，但她家的日子却越过越落魄。原来，姿姿有个最大的爱好——赌博，她本身就不够聪明，又有点儿憨，一打麻将就是明摆着送钱给人家，所以那个小地方的人都喜欢和姿姿打麻将。

就这样输来输去，日子自然会捉襟见肘，老公劝过多次无效后，只能夫妻双方财务分开，这样好歹不至于把全部的家庭收入都给麻友们"发工资"了。可分清了财产，也分了两人的感情，两口子小吵不断，隔三差五还要大吵一番。后来姿姿的单位买断工龄，姿姿负气外出去打工了。

有一年过年，姿姿从外地打工回来，向丈夫提出要离婚。两人从年轻时起，"离婚"这两个字就没有离开过嘴边，这回大家也以为就是玩笑而已。眼看人到中年，孩子也都上高中了，虽然有争吵，但谁也不会想到两人会真的离婚。

跟我见面时，姿姿怨丈夫这么多年就没有真心对过她，钱的问题划分得比陌生人还清楚。我劝她："他虽然不算太好，但也还可以，至少容忍了你赌博的恶习。离了婚以后，以你的年龄，找一个男人都难，就算找到，也不见得能比他强……"我在那里絮絮叨叨地说着，全然没看到姿姿脸上多了一点儿桃红，她带着一点儿小姑娘的羞涩说："就有一个男人，对我可好了，比我小

11岁。"

我惊得下巴差点儿脱臼,好半天合不拢嘴,好嘛,旧袍子未脱,新袍子已经做好。"一个比你小 11 岁的男人到底看上了你这个 40 岁中年妇女什么了?"这句话在我脑海里盘桓许久,虽然很伤人,但我还是说出了口。姿姿听完,皱皱眉头,抬头纹响应似的闪现,白了我一眼,撇了撇嘴,脸上挂着淡淡的不屑。呵呵,多年前的"美女"称号还一直激励着姿姿奋勇追求新的婚姻呢! 可是,就算你是美女,也已经是"资深美女"——老了。

当时,我识趣地转移了话题,提醒姿姿要注意钱财,能不离婚就尽量不离婚,走入新的婚姻成本太高了。结果,姿姿根本不搭我的茬儿,反而兴奋地说起那个比她小 11 岁的"小弟弟"。我想,我的话她是听不进去了。

两年之后再一次见到姿姿,才知道她又从新的婚姻中逃离了,这次没有离婚,只是离家。问起现状,她后悔不迭,现在这个男人比起前夫来差远了,好吃懒做,而且偷家里的钱。姿姿辛辛苦苦经营一个小饭店,生意红红火火,可就是存不下钱。所以,她又逃了! 如今,她想跟前夫复婚,但前夫却已经有了新妻子。

跟大家讲这个故事,不是告诉大家一定不要离婚,而是想提醒大家:离婚的成本到底有多高,你仔细想过吗? 你能承受吗?

8. 经营婚姻,防火防盗防"小三"

> 面对"小三",女人不能把问题全部推卸给老公和那个"三儿",女人要学会用智慧防患于未然,用心经营自己的婚姻,这样才能让婚姻这条船在岁月的长河中平稳航行。

这年头,"小三"满天飞,让结了婚的小主妇防不胜防,说不准什么时候就被人"三"了一下。什么"3377事件",什么"铜须事件",什么"姜岩事件",什么"一盒避孕套引发的亲情沦丧",各大网站,各大论坛,关于"小三"的话题总是最热门的,简直让人对婚姻完全丧失了信心。

如果说结婚是一项投资,那爱情就是本钱,"小三"属于营业外支出。当有了营业外的支出,婚姻这项业务就会亏损,当营业外的支出超过了婚姻中的爱情本钱,就要破产清算了——离婚。

小主妇们经营婚姻,除了要学会增加本钱,增进和老公的爱情甜蜜,也要谨防老公的营业外支出,正所谓"防火防盗防小三",否则辛辛苦苦培养出来的A等老公就可能拱手让人,让孩子失去父亲或是母亲,让婚姻变成空壳,这可是最不"经济"的事情了。

可能会有一些女人瞧不起俺的言论,天要下雨,娘要嫁人,老公要偷腥,由他去吧。抱着"是我的,别人抢不走;不是我的,想留也留不住"的观点,一旦发现老公出轨,就杀无赦,斩立决。这样的快意恩仇,说起来轻松,可当它真正出现在自己的婚姻生活中的时候,绝对没有人能这么冷静、这么决绝。即使家产的分割、债务的分配这些冷酷的"硬件"能够分清楚,夫妻、孩子这些渗入骨髓的情又如何能一刀两断?这样的婚姻无论是抓是放,都会把本已疲惫的心磨得伤痕累累。

面对"小三",女人不能把问题全部推卸给老公和那个"三儿",女人要学会用智慧防患于未然,用心经营自己的婚姻,这样才能让婚姻这条船在岁月的长河中平稳航行。

其实,喜新厌旧是人的本性,张爱玲早就把这个本性看得透透的,她在《红玫瑰与白玫瑰》里写道:"娶了红玫瑰,久而久之,红的变成了墙上的一抹蚊子血,白的还是'床前明月光';娶了白玫瑰,白的便是衣服上粘的一粒饭粒子,红的却是心口上的一颗朱砂痣。"男人大多数都是花心的,今天喜欢温柔型的,明天可能就会喜欢事业型的,今天喜欢浓眉大眼、英姿飒爽的,明天可能就会喜欢细眉柳目、娇柔可人的,就像女人对衣服的喜好一样,没有哪个女人会只买一个品牌的衣服。所以,你不可能要求自家的男人永远只喜欢你一个女人,据科学家研究,爱情的保鲜期只有18个月。

这样说起来,是不是大多数女性都要灰心了?不要担心,也许爱情的保鲜期真的只有18个月,但是50年的金婚却不少见,这就是责任与亲情的作用,这两样是我们经营婚姻最重要的法宝。

说透这些,我们对婚姻就会更加有办法。婚姻生活中,小主妇要坚持美貌与智慧并重,学会打理生活、打理家庭,既做好贤妻良母,又要有自己的生活情趣和品位,让老公对你永远保持新鲜感。另外,要保持适度的警觉,既不要像警犬一样时时刻刻嗅觉灵敏,把老公当成嫌疑犯,也不要混混沌沌,等到全天下人都知道你被"三"了,自己却还浑然不觉。

没有谁希望自己的婚姻被别人横插一脚,但这种事情一旦发生了,聪明的小主妇就必须学会御敌于家门外。我很喜欢《京华烟云》里的姚木兰,既美丽聪慧,又晓大义、懂取舍。自从听从父母之命嫁给没有太多上进心的曾孙亚,就把有理想、有抱负却时运不济的孔立夫尘封在心底,一心一意地做好曾家儿媳妇。她很聪明,从来不钻牛角尖,放下便是放下,努力把当下的生活过得绚丽多彩。这样集美貌和智慧于一身的姚木兰,依然会遇到"小三"问题,但她处理得冷静、圆满,维持了家庭的完整,而且滴水不漏。孙亚一有外遇,木兰就感觉到了,但她并没有像大多数女人那样又哭又闹,而是不动声色地开始了补救工作。她请来老爸做外围调查,给她出谋划策;然后把自己打扮得美美的,和身为"小三"的女学生曹丽华沟通,曹丽华自知不敌,主动退出,两人还结成好友;同时,木兰也没有因此过多责怪孙亚,此页翻过,从此不提。

　　之所以讲这个故事,是想让大家学习一下姚木兰的处事技巧。首先,要争取及早发现老公不轨的苗头,掐灭一颗烟头肯定比灭一场大火容易得多。比如老公一向下班后准时回家吃饭,但忽然有一阵子天天加班,而且手机一响就神色慌乱,短信加了密码,或是删得一干二净……这些都是电视剧里经常上演的情节,很多人看了都觉得编剧头脑简单,但其实真的就是这么回事儿。如果你发现这些"危险信号",绝对不能掉以轻心,要立刻进入"战备状态"。善于用家庭的天伦之乐、夫妻的深厚感情拉住老公想出轨的念头;组织家庭旅游、爬山、看水、泡温泉等;有时候也可以把孩子送回父母家,自己和老公过过二人世界,看看电影,来个烛光晚餐等;学会打扮自己,制造一点儿生活惊喜。男人出轨多为"审美疲劳",并不是想毁掉自己辛辛苦苦建立起来的家庭,婚姻经济成本这笔账,男人往往比女人算得清楚明白。小主妇要打好这张牌,不要火冲脑门,闹个天翻地覆,这样只会把老公往"小三"怀里推,本来没发展到"那一步",结果老婆一闹,世人皆知,想不离婚都不行了。

　　如果出轨的男人能回心转意,如果你还想维持这个家庭,那就选择原谅他,永远不要再提,过去的就让它过去,没必要时时翻起,让自己不开心,让大家不开心。

　　话说回来,婚姻需要维护,但也要看有没有维持下去的必要。如果总是提心吊胆,走了"小三"来"小四",或者夫妻的感情的确破裂了,这样的婚姻就没有经营下去的必要了,趁早离,那样还能给自己留点儿资本,寻找另外的"投资项目"。

9. 暗恋是女人最不经济的选择

> 暗恋不经济,长久的暗恋更是亏本,亏掉的是宝贵的青春,很有可能错过更适合你的人。青春是有时效的,一旦错过就不再来了。

本人一向自认为相当有经济头脑,但年少时却也做了一件非常不经济的事情——花了整整八年时间暗恋一位帅哥。现在想想,只怪当时年少不更事,不懂得效益最大化的道理,害得自己"为了一棵树,放弃了整片森林"。它带给我的严重后果就是:还没有恋爱就直接进入了大龄女青年行列。俱往矣,数白马王子,通通错过。

话说还是高中的时候,俺不知怎地就对班上的一位男生有了感觉。别看我现在云淡风轻,可当年他一举手一投足,都能拨动我的心弦噼里啪啦地乱响。远远地看上他一眼,我心里都特别满足,甚至为了跟上帅哥的脚步,放学时我常常要绕上一段路回家。

此后经年,我一直处于对他的暗恋当中,每年寒暑假,我都要找机会出现在他可能出现的场合。只要是他的朋友圈,我就积极掺和进去。表面上我活泼开朗、大方外向,可一旦坐在他旁边,就紧张得手都发颤,话也说不完整。每每曲终人散,我都会像祥林嫂一样,翻来覆去地懊悔:咋就没有表现得更好些呢?咋就大脑比舌头慢了半拍呢?

虽然我一直在不懈努力，但是和帅哥的关系始终维持在"比一般同学好上那么一点点"的分儿上。这让我一直处于矛盾和焦灼之中，在矜持和勇敢之间徘徊。大学四年，春有百花，夏有蝉鸣，秋有红叶，冬天飞雪，多少男女双双对对，而我一直都没有约会。

青春时光真如流水，眨眼就要大学毕业了，我暗藏的情感却始终处在雾里看花、水中望月的状态，但要说这位帅哥还不明白我的心意的话，唯一的可能就是：他是个石头人。尽管如此，我仍然舍不得放弃，找出种种牵强的理由来证明他有那么一点点喜欢我。

毕业时，为了能够与他更近一些，我放弃了最喜爱的军校教官工作，来到他所在的城市，然而这一切他都一无所知。工作三个月后，我终于勇敢了一回，当面跟他表白了。其实，结果早就注定了，我只是心有不甘，一定要他亲口说出让我彻底死心的话才肯罢休。虽然当时觉得很痛很痛，痛得我以为今后的人生将会前景黯淡、永无天日，以为此后的我将心如死水，不会再兴波澜。但事实却是，当我一旦真正放弃了这段注定没有结果的"单方面"感情后，时间这剂良药就开始发挥效用，我慢慢发现，原来自己的世界一直都是五彩斑斓的，只是我从前没有注意到而已。敦厚的宝哥，也恰逢其时地走进了我的生活。

从那时起，我终于明白：除了你自己，没有人可以决定你的人生。我也更加明白：暗恋是女人最大的浪费。再隐秘的暗恋，天长日久，只要对方不是木头，多少都应该有感觉，而他之所以不给你任何回应，任由你一个人独舞，原因只有一个，那就是他在用装糊涂来拒绝你。所以，作为一个过来人，我劝那些正在暗恋中蹉跎青春的男女们：暗恋不经济，长久的暗恋更是亏本，亏掉的是宝贵的青春，很有可能错过更适合你的人。青春是有时效的，一旦错过就不再来了。

从经济学的角度来看，销魂蚀骨的情投意合，即便最终的结果是劳燕分飞，那也绝对要比一个人暗恋"获利"大得多。暗恋几乎没有任何收益，最多也就是在青春逝去的时候,能够留有一点儿纯洁的感情回忆。一个人的爱情,甚至不能给下一段感情提供一点儿可供参考的价值。把爱情变成一个人的独舞,那就如同煤在缺氧状态下的燃烧,这个时候最好的办法就是用冷静和理智把这样的小火苗掐灭,因为暗恋的火苗若燃烧不了对方,产生的一氧化碳就会慢慢让你窒息。正所谓"多少暗恋似落花,流水无情淡淡去。错过沿岸风光美,沉在水心不见怜"。

对于一不小心陷入暗恋中的姐妹,我的提醒就是:为了不给自己留遗憾,也为了给自己一个交代,要么干脆向对方表白;要么就暗自做个了断,收拾好情感重新上路。不走出旧的情感,也就不能有新的开始。

 ## 优雅小主妇私密互动

crane524chen:椰风,有感于你的"不经济的暗恋",我和你的感情经历蛮像,确切地说,我的感情属于"亏本的暗恋",连"不经济"都算不上。高中三年,大学四年,整整七年,我只是远远地、偷偷地张望那个人,却从没有走近过,更没有正式地谈过恋爱。大学毕业后,不顾家人的强烈反对,我冒着"非典"的危险,一个人只身南下,因为那个人在南方。我可能属于比较冲动的类型,现在回想一下,我当时甚至都不知道找到他有什么用,而且也没有找到他。经过很多的奔波后,再来看这件事情,唯一的好处是让我更加成熟和坚强,在一个完全陌生的城市生存下来,后来也找到了现在的老公。缘分,我真的很相信,是你的终究是逃不掉的,不是你的,无论如何都强求不来。

再补充一句:椰风,感觉你家宝哥和我老公属于同类型的人,也许只有这样的人才真的适合我们,至少适合真实而平凡的婚姻生活。我现在有时还会想,如果我们和以前苦苦暗恋的人走到一起共同生活,也许我们会发现,原来他也不是暗恋时想的那么完美和不可或缺。

季子禾:不怕大家笑话,我24岁了,从没有真正意义地交过男朋友,手都没牵过,其他"高级阶段"就更别提了。最接近恋爱的一次,是大学时暗恋同班的一个同学,不过,落花有意,流水无情,到后来也就算了,从中得到的切实教训就是:LOVE 这个东西实在没得勉强。我的形象虽算不上标准美女,五官也过得去,打扮一下也还可以,而且性格是不错的那种,但是为什么就是迟迟进不了红尘呢?

最近两个月来,我对一个人有些动心,我也不知是真的动了心,还是潜意识里觉得该谈一个了,因为实在没经验啊。我觉得他对我也好像有点儿意思,但回想起上一次的暗恋,我也是觉得人家对我有意思,可是到最后,铁的事实证明我是错的,人家只是比较绅士而已,因此我也不敢信自己的感觉了。就算他对我也有意思吧,我觉得那也是在他明白了我对他有"非分之想"后才有的(姐妹们别笑话,我还是表现出来我对他的特殊关心的),但他却一直也没有个说法,他平常看起来是个主动的人啊,却一直没主动和我挑明这个事儿。我等啊等啊,真的是等到花儿也谢了。我想亲自出马挑明,还是有点儿过不了自己这一关。最重要的是,鉴于历史总是有惊人的相似性,流水再次无情的可能性也是要考虑的,实在不想被生生地拒绝了,"糊涂着"挨拒多少还是要好一些。

请椰风给迷途中的人指点一下,我怎么才能知道他对我的真实态度呢?我现在该做点儿什么呢?没办法,我在这方面比实际年龄小 10 岁。谢谢了。

淡若椰风:我也曾经暗恋过,不过也是落花有意,流水无情。就因为这样,我还没来得及谈恋爱就变成了大龄女青年。所以后来我总结:应该早点儿问明白,喜欢就喜欢,不喜欢就不喜欢,明确地要一个答复,不要耽误青春。如果一拍即合,皆大欢喜;如果是自己会错了意,那就一拍两散也没啥,至少不用再浪费时间了。有些人担心挑明了不好做朋友,其实没什么,男女之间的关系要么极近,要么极远,说完之后月白风清。只要你自己能够放下,没有什么好尴尬的。过了若干年之后,你会发觉这段往事根本无损你的个人魅力。

要是就那么一直含含糊糊的,会有两个害处:一个是如果他对你无意,那么这种情形反而会引起别人不必要的猜测，对女孩子声誉不好；另一个是，假如他对你有意，而你却不表明态度，那就有可能让他退缩和犹豫。总之一句话，当明则明，当断则断，不要虚掷光阴。

季子禾：我终于知道答案了，他再有几个月就要离开这座城市了，以后大家隔的就是太平洋了。我也就明白我们以前那些远远近近、似是而非是怎么回事了，但这个结果的确是我没有想到的。

事实证明，弄明白实在是对了，我也轻松了。如果在这场"较量"中，我的对手是他的初恋啊、门第观念啊、世俗偏见啊之类的，我还可以上场试一下身手，可是当我明白我们之间横着的是这个男人的前途时，我就知道自己连战场都上不了。椰风，一句"谢谢"已经不能表达我的感激了，因为分享了你的经历和你分析的道理，我才下定决心没再拖下去，你真的帮了我很多。我相信，生活还是会给我们很多惊喜的，而且这个经历也让我成熟了一些，我对未来还是很有信心的。

第二章

经济基础决定上层建筑——我的投资经验谈

　　无论国家还是小家,经济基础始终是决定其他的首要因素。有了坚实的经济基础,家庭的幸福才不是空中楼阁。很简单的道理,吃饱肚子才能谈恋爱,结婚办酒席要付定金,住院生孩子得交押金……生老病死,吃穿住行,柴米油盐,这些都是生活中最基本的支出,一样也躲不掉。先温饱,再小康,再小资,再中产……你说,不搞好经济基础建设,这日子怎么过?

1. 不得不说的"房事"

> 说来惭愧，我在房价的攀升中助推了一把非常非常微小的力，获得了一点点的小利，当然，即使我不去投资，房价依然会高歌猛进。但在经济的盛宴中，你若不及时抢得一勺羹，最后可能连骨头渣儿都捞不到。

自从咱们中国老百姓没有公家房可住之后，买房就成了所有城市人都不得不面对的一个问题。谁都愿意有一栋属于自己的房子，但一路攀升的楼价则让买房成了很多人心中最大的难题。在欧美发达国家，一栋房子的价格应该是一家人 4~5 年的总收入，但在目前的大多数中国城市，这点钱只够首付。"房事"是压在百姓心中的一块大石头，尽管 2008 年的房价终于有所回落，但目前的房价依然让许多人望房兴叹。

说来惭愧，我在房价的攀升中助推了一把非常非常微小的力，获得了一点点的小利，当然，即使我不去投资，房价依然会高歌猛进。但在经济的盛宴中，你若不及时抢得一勺羹，最后可能连骨头渣儿都捞不到。

要问我为什么对投资房子这么感兴趣，要从 long long ago 说起。大约二十多年前，俺老爸老妈在山口百惠的启发下，动了在老家建一栋小楼的念头。我的天，这个得好好解释一下，当年这个红遍全中国的日本明星怎么会和我家扯上关系呢?很简单,因为那时有一篇采访山口百惠的文章,里面提到山口百惠在乡下买了一栋别墅,供自己度假用。这一豆腐块娱乐新闻,让当时颇有小资情调的小主妇——俺老妈内心荡起了小波澜。一直以来,她都有一个"庄园梦",做一个美丽的庄园主夫人,然后优雅地相夫教子。于是,老妈缠着老爸,非要在老家那里买地建房,以便度假。其实,老妈当时并没有说出她想建房的"现实原因"——每次回老爸的老家,都要和婆婆住在一起,做乖媳妇做得有点儿累,而且过年的时候,一大家子总共 20 几口人聚在只有 50 多平方米的房子里,立脚的地儿都没有。

老妈在家中拥有绝对的发言权,加上老爸也觉得这个主意不错,平时放假回家,自己有地方住,退休之后又能和兄弟姐妹在一起。于是和大伯商量了一下,两人一拍即合,当下开始筹划。适逢老家要建新街,政府划了一块农田出售,各项政策都非常优惠,地价是 1000 元一亩地。尽管那时候的 1000 元数目不小,但是这个价还真是物有所值,现在的地价翻了 500 倍也不止。兄弟三个共同出资大约 25000 元,建成了一个临街的三层小楼,底层有三个店面,还带一个院子。

如今,这条在一片农田上建立的新街已经变成了老街,只可惜后来这个镇的发展并不好,这条路没有预想的那样车水马龙、人声鼎沸,饶是这样,这栋房子目前的市值也在 40 万以上。这些年来,这栋房子的店面租金就赚了不少,再加上现在的市值,房子带来的利润相当可观。25000 元,如果储蓄 25 年能有多少呢,我按 4 个点的利息计算,大概是 7 万。

存钱和投资房地产,高下立判。就这样,老爸老妈当年的一个无心之举,让我明白了买房远比存钱更能使财产增值,更让我明白"有梦想就有财富"的意义。

相比现在的 80 后,我还算是幸运的。2000 年,我和宝哥(那时还是男朋友)赶上了最后一批福利买房。尽管当时我们只有短短三年工龄,只能享受到不大的面积,我也已经很满足了。至少有了自己的房子,吃喝拉撒全过程都可以在自己家了，不像小时候，吃饭要穿过一条走廊，上厕所要步行三分钟到公共厕所去。

于是，我们买了一套小户型。现在看起来，这套房子便宜得不可想象，可就是这样，我们还付不起全款，不过我一向对未来充满信心，毫不犹豫地向银行贷款，每月还款400元，对于我们两个人加起来每月2000元的工资来说，影响不大。交完首付后，没有一点儿存款了，但是生活却充满了希望。"饱暖思淫欲"用在这儿似乎不太妥，不过我就是在解决了基本的生活需求之后，才想到要让手中的钱继续增值。

2004年，有一次我无意中粗略算了算自家的账，乖乖，居然有6万元了。兴奋极了，晚上睡觉又算了一遍，偏偏又算错了，于是又拉上宝哥同我一起算。算了一晚不够，后面几天，晚晚都要算一遍，每每都要把宝哥从睡梦中叫起，宝哥终于明白了"葛朗台"究竟有多讨厌！

兴奋归兴奋，但6万元能干什么？当时，股市不景气，做生意没时间，地球人都知道房子还会升值，可我这6万元好像又买不起房。钱存在银行，不过就是纸而已，我很郁闷地想。有一天和老同学聊天，他在宁波、杭州工作过，对房价的敏感度高，他也劝我去买房。我说："我才几万元，哪里买得起呢？"他笑道："不可以贷款吗？不可以买小点儿的房子吗？"一句话点醒梦中人，他的话仿佛暗夜中的一束闪电，劈开了财富大门的一条缝，让我看到了里面闪着金光的宝物。于是，我开始关注报纸上的楼市广告，关注均价、面积、总价都少的楼盘信息。

南昌市内那时的房价约为2500～3000元每平米，地段好些的要到3500元以上了，我的那点儿钱只能考虑略微偏一点儿的地段。小户型的房子不多，但功夫不负有心人，刚好有一个楼盘全是小户型，还是带装修和家电的。正好过年放假，我赶紧拉上老公就去看房了。

当时还是冬天，售楼小姐只穿一件薄毛衫，光洁的脖子裸露在寒风中，搞得我总有一种想找找她的鸡皮疙瘩的欲望。售楼小姐轻摆杨柳腰，带着我们去看样板房,样板房和小姐一样靓丽,一室一厅,颇具特色的房型设计,色彩鲜亮的墙壁,宽大的落地窗,让我们站在 20 层楼上有种俯瞰众生的得意。

其实,这个楼盘外部环境有些杂乱,但样板房的作用和脸蛋的作用相似,大多数人只看到了美女的脸蛋,只有深入接触后才会注意到她的内在素质。对样板房的满意让我们忽略了其他情况,而售楼小姐不失时机地和我们轻言细语,分析买房的成本:首付才 2 万,送全套的家电和家具,20 年贷款,仅 800多元的月供,买下既可自住也可出租,出租的话,900 元的月租不成问题,正好可以还清月供,相当于 2 万元买下一套房子,那可是相当实惠。同时,售楼小姐还玩起了心理战术,告诉我们,这个小区已经卖完几百套了,仅剩下十几套了,要买一定要抓紧。

买房这么大的事儿,当然不能说买就买,我说还得回去商量商量,便撇下售楼小姐回去了。回到家,宝哥除了对售楼小姐的美色印象深刻外,没有什么太多意见。考虑到如果买下房子即使没有人租,我们的家庭收入支付月供也没什么问题,手头上的钱付首付绰绰有余,我们还是决定买一套。第二次去了,还是这位小姐,看我们气定神闲的样子,料定是来下单的,自然笑得开了花。我以为买房和买菜一样能讨价还价,不想小姐斜斜地瞥了我一眼,嘴角微微向下弯了个弧度,于是,我就像刘姥姥进大观园一样不敢再问了。

最终,一切手续都办妥,连同首付花了近 3 万元。抱着合同回家,兴奋得合不拢嘴,俺也有两套房了,也算是地主了。

因为是准现房,回到家我就把房子挂在网上出租,租金 900 元。其实,我当时觉得这个租金太高了,比同地段的房子贵很多,而这个地段也有点儿偏,唯一的优势就是这套房子是那一块唯一的"酒店式公寓"。把房子挂到网上之后,就开始忐忑不安地盼着租户出现,几天之后就有人要看房,而且还不止一个人。

4 月份,房屋刚刚装修完,一个小公司的老板就把这房子租了下来,900元月租。

2 月份签合同,4 月份交房,4 月份出租,6 月份开始还银行贷款,一切顺利，我没有一点儿还贷款的压力。想着手里还剩3万元钱，我又蠢蠢欲动，想再买一套这个小区的房子。这个想法一说出口就被宝哥严厉否决，理由很简单，鸡蛋不能都放在一个篮子里。

仔细想想，继续买同一个小区的房子作为投资，风险确实有点儿大。买下这套房子之后我才知道，这房是旧房改造，包装成新房卖的，所以才要装修。而且买的时候过于匆忙，忽略了很多，使用率、小区环境等都比较差。但因为买的时机较好，还是比存钱在银行的收益好很多。对我这种懒惰的投资者来说，还算是一个很好的投资方式。

虽然继续在那个小区买房的想法被老公否决了，但我想继续把手上的钱投资出去。我继续东跑西颠看楼市，老公虽然还是以"鸡蛋不能都放在一个篮子里"的理由警告我，但他也没有一个更好的投资建议——那就还得听我的。

最终，我看中了一个楼盘，在城市新区，依然是一室一厅的小户型，毛坯房。这个新区是市政府正在大力发展的，就像白纸上绘图，道路宽敞，环境比老城区好了不止一个档次，市委、市政府都搬过来了，但生活配套并不是很完善，人气不旺。也正因为如此，房屋的价格比市中心便宜了很多。这些因素都告诉我，此时正是投资的好时期，我决定买。老公不太同意，不过存折他可没有随身带着，趁他加班的时候，我揣着存折杀向售楼处。

这天正是开盘第一天，围了一大堆人在看沙盘，几个帅小伙被人围得密密实实，原来是"售楼先生"。看样子，房地产真是朝阳产业，卖房的不是靓女就是俊男，而且都是神情倨傲，一副皇帝女儿不愁嫁的样子。当然，我对房子的兴趣远远超过帅哥，但那些售楼先生一看就知道我不是大客户，回答问题就有些敷衍了事。其实都是定好的格式条款，问了他们也是白问，尽管如此，不问点儿什么心里总觉得不踏实。

一套特价房让我有点儿心动，问了问细节，心里还是有点儿犹豫，毕竟是十多万的房子。正站在一旁踌躇，旁边一位也在关注这套房子的女人说："我就要这套房了，怎么签合同？"她一说买，我就差点儿悔青了肠子，这一犹豫就被别人买走了。本来不一定非要在今天下单的,但情急之下,我要售楼先生给我推荐了另外一套房,价格比那套特价房略略高了些,50 平米的建筑面积,不到 13 万元的总价。为了避免又让人抢走,我立刻就把 2 万元定金付了。

尽管能料到老公会严厉批评我的擅作主张,但还是兴奋地打电话告诉他我今天的"成就",不用说,我的得意自然又引来他一番叽里呱啦的"教育"。虽然被他"教育"了一通,但我会用赢利的事实来证明他是错的,我是对的。而且,钱我已经付了,事实是无法改变了,擅作主张动用家里的全部存款,乖乖让他批评几句又何妨。

这次买房的时间是 2004 年 5 月,2005 年 12 月交房,2006 年 1 月就有人想出 16 万买下我这套房,2007 年 12 月又有中介打电话问我 25 万卖不卖。2008 年房价走势不好,但这套房子的地段逐渐转好,配套设施也越来越全,房价没有太大的跌幅,总价仍在 25 万左右。在这期间,这套房每年的租金收益都有 1 万多元。

在宝哥面前,我也扬眉吐气了。真理还是掌握在我这边,赚钱才是硬道理。

 ## 优雅小主妇私密互动

Amandarove:向椰风汇报一下情况。我离开原来的小城来到了武汉,终于和老公团聚了,原来的房子卖了,26 万,虽然价格比最高时的 30 万差了一些,但好歹是卖了,如果不卖,放在那儿租与不租、卖与不卖,都是个烦心事。昨天正式到武汉的总部报到了,今天是第二天,新的同事和领导都还不错。我现在也没有更多想法,就是好好工作,好好与人相处,好好生活。

淡若椰风:丈夫丈夫,一丈以内才是夫,所以和老公团聚是女人最大的一件事,先恭喜你。关于房价,只要开心就好了,对于生活不要计较太多,而且现在经济形势非常不明朗,老百姓的消费信心在下降,所以房价说不定还得跌,现在出手也不失为明智之举。祝你和老公的日子越来越甜美,越来越幸福。

2. 小夫妻的股海浮沉录

> 我的散户经历其实不具有任何借鉴意义,只是再次证明了"股市有风险,入市须谨慎"这句废话的正确性。

提起中国股市,估计每个中国股民都有三天三夜倒不完的苦水、泪水和血水。我在股市中折腾的经历,还要追溯到 2001 年。那时候,我为了培养老公的理财意识,就用手上的几千元闲钱买了股票,就当是玩票了,买了一只龙头老大——深发展。当时的价格大概是 10.5 元吧,俺的钱只能买一手,一个巴掌出去,几乎分文不剩。股票买了之后,我天天关注收盘价格。这股票一开始还和浮标一样,上上下下的,看得我的心扑腾扑腾乱跳,后来就一个劲儿地往下沉了,从 10.5 元跌到 10 元、9 元……果然是股市的龙头老大,大盘随着它应声下跌,当然也可能是它随着大盘往下掉。再往后,我就没有信心和兴趣看下去了,于是把股票雪藏起来,就当"古董"收藏了。

也不知过了多久,反正很久很久之后的一天,宝哥很兴奋地告诉我,股指涨起来了,我上网一看,我的深发展居然涨到了 16 元了。看样子,股票还真成古董了,时间越长越值钱。好不容易解套了,我当时想赶紧抛掉,结果正巧赶上出差,也忘了电话预约,又没有在网上炒,等回来一看,又掉回原来的价格了。为此,懊恼了好一阵子,只能继续把它埋起来,看看能不能再变成值钱的古董。没过多久,价格又涨上去了,赶紧解套,小赚了一点。你别看这小赚的"一点",就因为这"一点",俺就又折腾起来了,买进卖出玩得不亦乐乎。

转眼到了 2006 年,三四年的时间过去了,股票在那里半死不活地趴着,眼见我们三套房屋的贷款像三座大山似的,最终,我把股市中的钱变现,还掉了一套房屋的贷款。我少还银行 15 年的利息,这也是赚钱啊。正在那里美呢,股市开始发力上攻,我的那点股票算是倒在了黎明前的黑暗里。

股指一天一天攀高,我和老公的脸色一天比一天灰暗,身边炒股的同事 1 万变 10 万,严重地刺激了我们"财迷"的心灵。可是,还掉了贷款,我们的荷包已经空空如也,只能眼睛红红地看着别人发财。

到了 2007 年 3 月,年底的奖金,几个月的省吃俭用,再加上房屋的租金,凑齐了 4 万元钱,我们在沪指 3000 多点的时候冲了进去。虽然心里有点儿惴惴不安,但周围靠股市发财的人越来越多,我们也就顾不了那么多了。倒腾了几手之后,还真赚了一些钱。这时候,很多经济学家、股评家说,中国股市 10000 点近在眼前,我倒觉得有点儿"痴人说梦";这时候,又有专家说了,如果连卖菜的老大妈都在谈论股票了,那么股市就肯定要跌了。突然想到,我不就和那卖菜的大妈一样吗,完全不懂股票的人在炒股,看样子股票真的要跌了。但在 2007 年上半年,没有人会知道股市的顶点在哪里。

宝哥虽然是个小心谨慎的人,但又不甘心失去赚钱的机会,舍不得把资金撤出来。5 月 29 日,各大报纸都在发布一条消息,禁止公务人员上班炒股。我知道这是一个不好的兆头,可没有想到暴风雨会来得这么快。5 月 30 日,印花税调高,股票应声大跌。我们赚到的利润又全部消失了,简直是"一夜回到解放前"。宝哥和我相对无言,我们都是认死理的人,股票低于当初的购买价格,宁可套死也不抛。

按这个理论,好像永远不会亏本。其实,这是炒股大忌,如果股票在中期内失去了上攻的力量,应该赶紧变现,重新投资,重新获利,金钱最本质的特性就是升值,创造不出更多的价值,那就是亏本了。如果股票收益不能高于同

期利率,那么这项投资就是失败的。

6月、7月平淡而过,8月的股市忘却了印花税之痛,重新活跃起来了,雪藏的"古董"价值开始显现了。宝哥的脸色越来越和悦,我的幻想也开始多了起来,满大街跑的QQ车闯进我的梦里来了。10月份,股市到达最高点,俺家的进场资金也翻了倍,宝哥豪言,过阵子变现一部分,给你买辆QQ去,省得上班风里来雨里去。真难得他如此体贴。可是没想到,股市的寒冬突然就来了,沪指又连跌不止,我开始觉得高处不胜寒,向宝哥建议撤离。那时,宝哥攥着"哈投"和"深圳惠程"两只股票,希望能等年底分红,迟迟不肯离手。2008年1月中旬,股市一路向下,1月21日,股市大跌7%,急风急雨,小散户们连逃命的机会都没有了。那日,老公气急败坏地打电话到我的办公室:"我们QQ车的四个轮子都没有了。"急跌之下,大家都盼望能缓涨一些,却只见指数一路向下,心里那个后悔啊,后悔没有及早出逃。2008年2月份的雪灾覆盖了南方诸多省市,而股市似乎也被这百年难见的大雪给封冻了。老公每天用非常具体的方式给我汇报俺家股票的情况,QQ车的零件一个一个没了。股市仿佛在雪灾中走不出来了。

3月初,老公说:"干脆把你的电动车装一个罩子,这样比汽车还要环保一点,同样也能挡风遮雨。"再后来,宝哥连看股市的勇气都没有了。4月份,大盘失守3500点,我向宝哥建议投入一点儿钱到股市上,我的理由是:就算亏也亏不到哪里去了。那时,一片要求政府救市的声音,调低印花税声声不绝。股海瞬息万变,垂头向下的股指很有可能就是公牛进攻前的低头咆哮,与其说我对股市充满信心,不如说我是在赌印花税何日下调。机会就在于此,我强烈要求增仓,但"舵手"宝哥却犹豫不决。4月24日,印花税由3‰调到1‰,股市报复性反弹,全线飘红,大盘都快涨停了。我们又是喜又是恼,喜的是自家的股票可以解套了,恼的是没有抄一下底。亡羊补牢,为时不晚,宝哥赶紧趁着大好形势操作了几个短线,然后喜滋滋地告诉我:"QQ车的轮子给赚回来了。"

　　不过，大盘的上涨如此迅猛，让我有一点儿担忧，想劝老公赶紧撤离，但"贪念"却让我们没能及时收手。就在此时，一个朋友告诉我，有只股票已经被机构操控了，正准备做多，可以买进等待升值。我决定捞一票就走，于是马上向宝哥汇报"军情"。现在想来，偶就是蒋干，还以为自己获得了绝密的情报。宝哥观察了几天，发觉成交量确实不大，疑似被操控的股票，于是放弃其他战场，拿全部资金买下这只股票。

　　不久，股指上下波动一阵后，大盘没能扛住向下的压力，继续掉头向下。而我们砸进全部资金买入的这只股票比大盘跌得更加彻底，12元、10元、9元、8元……我们在它下探的过程中还试图抄底，11元买，10元继续买，直到发觉到了地下室了，往下还有地狱，还有十八层，永没有翻身之日了。握着这把烂股，真是欲哭无泪，指望股指稍稍上攻时能解套，没想到它还真能憋气，一个猛子下去就再也不冒头了。后来我又盼望着来一波"奥运行情"，没想到疲软依旧。

　　都以为股票是金山，谁都可以挖掘一桶，原来是我们这些小散户花钱给庄家堆了一座金山，让庄家赢个盆满钵满，散户们只能看金化水。

　　嘿嘿，我的散户经历汇报完毕，其实不具有任何借鉴意义，只是再次证明了"股市有风险，入市须谨慎"这句废话的正确性。

3. 小百姓的财富故事会

> 您可别小看小区里、路边上那些小商小贩,没准人家的收入比你高多了。当然,这也提醒我们,留心之处皆财富,很多不起眼的小地方原来就是产生富翁的摇篮。

一直很喜欢看中央电视台经济频道的《财富故事会》节目,那个光头主持人能把一个普通人的财富故事讲得跌宕起伏、绘声绘色,就像听评书似的。这个节目里的那些主人公,大多数都是和我们一样的普通人,所以我也能通过这个节目开阔一下眼界,看看别人都是怎么发财的,看看发财的人应该具有什么样的性格特征。在我看来,运气从来不是决定性因素,关键还是要看个人的脑子和干劲。

后来,我也开始搜罗身边的财富故事,也许在你看来,这些故事不具有什么借鉴意义,但我自己却真的从中体会到了某些东西。今天就一锅端出来,跟各位姐妹们分享一下。

22 岁小学女教师的理财生活

这个小女生是我一个男性朋友的女朋友,那就是我的女朋友啦,我就叫她"小妞"吧,希望她男朋友不要冲过来把我拍扁,幸好我是女人,阿门。

闲话少说，这个"小妞"不过 22 岁，参加工作不到 4 年，已经拥有了一套属于自己的房子。话说 2004 年夏天，家在江西上饶的小妞只身来到南昌，过五关斩六将，历尽笔试、面试、体检，终于通过了招聘教师的考试，这种考试的难度不亚于考公务员，录取比例接近 1∶30。最终，当时只有 18 岁的小妞就成为了一名光荣的人民教师。

在家，小妞是一个娇滴滴的独生女，但在外边，小妞却泼辣能干，一点儿都不让父母操心。到 2006 年底，小妞没有让父母资助一分钱，独立在南昌生活了 3 年，工资不算高，年收入 2 万多元，要交房租、水电费，要吃饭、穿衣，还要买化妆品、各种饰品，就这样，小妞把自己的生活打理得井井有条，还存下了 2 万多元。

可长期租别人的房子总不是办法，小妞想到了要买房，2007 年的南昌房价已然不低，但二手房市场上还能淘出一些好而不贵的房子。现在的学生家长个个都忙，孩子放学后没人照顾，有的人就把学生交给老师照看，我们那里的很多教师都把这个当做副业，小妞自然也不会放过赚钱的机会。那么对于小妞来说，学校附近的房子就比较适合自己。于是，小妞牢牢盯准了学校附近的二手房。她所在的学校位于老福山附近，这一带是南昌闹市区，房价可不低，新房的最高价格超过万元。沙里淘金，还真让小妞淘到了一套不错的二手房，是她学校附近的一套 50 多平方的小两室一厅，上世纪 90 年代的房子，装修得还不错，22 万，算起来只要 4000 多一平米，真是很划算。

个人认为小妞的选择很不错，一个单身女孩子，将来肯定要结婚嫁人，在买房上完全没必要一步到位。买一个装修好的二手房，虽然小点儿，但买来就能住。以后找到老公，老公有房，就到老公的房子里住，自己的房子出租；老公没房，这套小小的房子也够用，将来条件好了，再换个大房子。

但是，房主急于要现金，这让小妞有点儿为难，不过不用怕，有强大的后盾，老爸老妈出手了，就这么一个宝贝女儿，家里拿出了 12 万，小妞拿出 2 万，然后又借了 8 万，一口气把房给买下来了。

买完房之后，小妞开始努力还钱，家里的 12 万是不用着急的，从亲友那里借的 8 万元可不能让别人催。因为这房子离学校走路不到 5 分钟，小妞教书又不错，很快有个做生意的家长找到小妞，让小妞从周一早上至周五下午全程带着他的女儿，费用是每个月 1000 元，小妞的任务就是关照她吃饭、睡觉、做作业、上学。同时，小妞还利用周六的时间开了一个兴趣班，每周能赚250 元，这样每月又是 1000 元。到现在，小妞已经完成了还债大计的一半，自己的日子也过得越来越有模样了。

别的姑娘在逛街，小妞在教课；别的姑娘在花前月下谈恋爱，小妞和男朋友一起辅导小朋友做功课。才 22 岁的小女孩啊，居然比很多 30 多岁的家庭主妇更懂得规划自己的生活。最让我敬佩的一点是，如此精明的小妞，在选择男朋友上，并没有选择曾经追过她的那些"宝马男"、"富家公子"，而选择了我的朋友——一个平凡、厚重、踏实、沉稳的男人。他们马上就要结婚了，衷心祝福他们。

不出学校门，也能赚大钱

最早明白经济社会里的技术、合作的重要性，是在我的大学时代，而这得益于我们班上的一项规模经营。为什么说是规模经营呢？因为班上 50 个男生，至少有 40 人参与了，很少有什么活动能让这么多男生主动参与进来，调动他们积极性的就是"巨大"的利润。

先介绍一下背景。我们是物理专业的，电子技术是必修课。那时候大学里搞学雷锋活动时，我们专业的男生就在广场上支个桌子，免费维修电器。让一个"哑巴"收音机开口说话，对本班男生来说简直是小菜一碟。

1996 年时，一大批的国外电子产品（主要是索尼单放机）因为生产质量不合格，或是有瑕疵，从生产线上下来就成了废品垃圾。处理这些垃圾是要花钱的，但好多国际倒爷看准了这个机会，把这些"洋垃圾"买了下来，运回国内。一时间，这些电子洋垃圾在电子市场堆成了小山，买这些有瑕疵的单放机,就像上菜园子里买白菜,不论个买,论斤称。

我们班男生修理电器最拿手了,买进这些电子产品,鼓捣鼓捣就修好了,因为是原装机芯,所以声音效果比国产的京华单放机好多了。不知是哪个男生最先动了卖这个单放机的念头,于是,他们几十公斤几十公斤地买进这些洋垃圾,技术好的男生负责维修,另外一些男生负责销售。

几乎每一个单放机都能修好,配上一个索尼原装耳机,一个卖到 50 元没有任何问题,刚刚开始销售的时候几乎到过 100 元。销量非常好,一个学期下来,南昌市各个学校都有我们班销售人员的足迹,远郊县都没有放过。更夸张的是,班上一个男生到武汉看望同学,居然把单放机卖到了武汉的高校。

该项事业最巅峰时期,全班分成三个部门:一个部门分管技术,负责维修这批单放机;一个部门管中间营销,就是发展外校的分销点,每台单放机的批发价为 25 元;还有一个部门就是销售部,连女生也被网罗成了他们的销售人员。

那一年,几乎整个南昌的单放机市场都被我们班垄断了,导致那些电子垃圾的价格也直线上升。我当时是这个"产业链"的最低端营销人员,但一个学期下来也赚了 500 多元,美得我冒泡泡;而我的上线的收入不低于 2000元;据传言,本班某个"CEO"的学期收入在 5000 元以上。

那时候,我不仅佩服男生们的经营头脑,还佩服他们的营销口才,一部单放机,居然连防水功能都被他们编出来了。有一个男生偷偷溜进女生宿舍楼,几个小时转下来,居然卖出了 6 个单放机。那些小女生被他唬得一愣一愣的,准备洗澡时都听着单放机。还有个小女生对那个帅哥一见钟情,热切地要他留下电话号码、寝室号。这位帅哥由于担心防水功能的谎话穿帮,对这位美丽的小学妹尽管有万般不舍,还是没敢留下真实的电话号码。时至今日,每次提到这件事,这位帅哥依旧遗憾不已。

这段未出校门的经商体验,对我们班的所有人来说都是一次难得的锻炼。毕业十周年聚会时,大家发现,当年在单放机销售中收入最高的几个人,如今在事业上都非常成功,有两个已经是上市公司的副总一级的人物了。

九月庙会赚钱忙

据说以后的国庆七天长假也有可能缩水到三天,所以2008年的国庆长假,我决定好好玩玩,很有可能过了这个村就没有这个店了。

于是,国庆第一天,我们一家四口就去逛了久负盛名的绳金塔庙会。庙会是个很"乡"的词,到了绳金塔之后才发现真实的庙会更"乡",仿佛十里八村的父老乡亲都来了,人那个多啊,海了去了,人挨人、人挤人,吆喝声、讨价还价声,一片嘈杂。

想悠闲地吃点儿小吃,根本不可能,身后的人海浪一样涌来涌去,看着老板乐得合不拢嘴,手忙脚乱地把钱塞到胸前的大钱袋里,我觉得在这里用"赚钱"两个字都不合适了,应该说是"捡钱",就看你的速度够不够快。

买了几串羊肉串、韩国铁板烧豆腐,顺便进行了一下经济考察,打听打听小道消息。结果,打探来的消息让我简直就想请假来卖羊肉串,一个大约五六平米的摊位,租金每天200元,看他们"捡钱"的速度,我想每天纯利润不低于6000元。后来《江南都市报》的一则消息验证了我的观点,这是2008年10月8日的报道:"本届庙会历时17天,横跨中秋、国庆两大节日,吸引游客230余万人,最高峰时日人流量达20余万人。本届庙会共设有200余个展位,营业总额突破3200万元。"看到这则消息,我赶紧找来计算器噼里啪啦一通狂算。平均下来,每个展位的营业额是16万元,相当于每天将近1万元,每个展位仅有六七平方米,卖的都是一些小商品,以及烤羊肉串、鸭血粉之类的小吃,没有任何技术含量,本钱也不大,但商贩们的收益却几乎比普通职工的全年收入还多。

眼馋了吧?您可别小看小区里、路边上那些小商小贩,没准人家的收入比你高多了。当然,这也提醒我们,留心之处皆财富,很多不起眼的小地方原来就是产生富翁的摇篮。

团购赚钱也 happy

女人大多充满幻想，我也不例外，都一把年纪了，还喜欢《一帘幽梦》的那种浪漫。

在装修自己的一套小户型房子时，我转了南昌市的几处窗帘市场，发现水晶珠帘的样式很少，报价却很高，而在淘宝网上有很多晶莹剔透、色彩绚丽的珠帘，价格比市场上便宜多了。

于是，我在百度上四处搜寻水晶珠帘的信息，恶补了一下水晶珠的理论知识，然后找到一家淘宝网店，冒充准备开珠帘店的小老板，和网店的店主谈了谈，临时学习的专业知识严重地迷糊了他，他答应若我一次购买超过 100 斤原料的话就给我按批发价算。一开始，我只想自己做一副便宜实惠的珠帘，如此巨大的量我如何能消费得了？于是，我想到了团购。计算了一下成本，再考虑到运输、沟通等成本，我把批发价提高了一些，然后在本地的一家家装网上发布团购帖，组织团购。因为价格实惠、款式多样，又能自己 DIY，所以有诸多南昌网友跟贴响应。

看来，无论年龄大小，女人的浪漫本性永远不会变，"一帘幽梦"始终是女人对青春暗藏的回忆。我汇总了一下网友们的需求信息，总需求量可能会超过 500 斤。于是，我与网店老板进行沟通，因为我们的需求量远远超过 100 斤，所以我要求他再降低些价格，同时告诉他，通过这次采购，我可以让他的产品来垄断江西市场，只看这次合作能不能成功。如此这般谈下来，他果然给了我更优惠的价格。

这个谈判结果给了我更大的信心和动力，我就像一只大蜘蛛，整天吊在网上不下来，一边和网友沟通，一边和网店店主斗智斗勇。组织团购确实很辛苦，不过咱小主妇可不能让困难吓倒，有了困难要克服，没有困难制造困难也要上。为了给网友答疑，为了和网店店主斗智斗勇，我狠狠恶补了一下有机玻璃的知识，真后悔当年没有选化学专业。

团购的网友们为了慎重起见，要求对方先寄样品。什么叫无奸不商？一点点的样品加运费，50元，没办法，我也只能先垫了。来了样品，又要给网友看，那几天，我家就像菜市场一样，这个走了那个来。看过样品，确定要买的有几十位网友，订购的数量超过了300斤。大家交了定金后，我又开始计算各色珠子各需要多少斤，然后往支付宝打钱，货到了之后还要清点、分类，再通知各位网友来我家提货。

找货源、谈价格、看样品、打款、到货、提货，前前后后花了一个多月的时间。虽然累得精疲力竭，不过后来一算账，我居然赚了1000多元，也算辛苦有所值。参加团购的网友也很满意，很多人自己DIY珠帘，所花的费用仅相当于在本地买成品的1/4。对我来说，更大的意义是，我通过这次活动结识了一群爱家的女人，有好几个发展成了好朋友，至今联系紧密。

优雅小主妇私密互动

小白真像大白：椰风有没有开网店的经验，能否介绍一下？我有一份"朝八晚四"的工作，想开个网店，增加些收入。

淡若椰风：我开了一阵子网店，但以失败而告终，因为我的个人兴趣太多，工作又比较忙。我认为上网时间多的人可以考虑开网店。最好有现成的货品资源，比如有家人或朋友开实体店，或是身边的货源充足而且价格低廉，这样开起网店来成本小，赢利也快。

4. 把未来的钱投资到现在

> 我不反对买房投资,看了我的文章的朋友都知道,我对房地产投资还是比较执著的,但我坚决反对囤钱在某一个项目上而不流动。

我看过很多理财书,几乎所有的书都告诉你要为将来退休作好打算。我想,这个观点肯定是最受中国人欢迎的。中国人在理财上的传统观念就是储蓄,投资上一向偏保守,不是有句话叫"养儿防老"吗? 你看,连养孩子都是为了将来老了以后有个依靠。

这些年房地产市场如火如荼,大家有点儿钱都想买房投资,甚至还有人打算在郊区、农村买房子,留到退休以后再去住。我曾经也有这个想法,想在宝哥的老家买一套房子,退休后去住。为此,我还到宝哥的老家实地考察过,后来因为在股市上亏了一些,实在连首付都拿不出来,只好作罢。后来,我的想法改变了,因为我发觉这样做其实是亏本的。咱聪明人当然不能做亏本的买卖!

那么,我的观念为何转变了呢? 下面就跟各位姐妹们表一表。

首先,要知道钱是一直在贬值的。这个道理其实不难理解,我们这代人小时候,一分钱就能买几块糖吃,五分钱就能买冰棍吃,现在呢,最少涨了10倍。这几年通货膨胀,过几年就通货紧缩,反复折腾的过程中,即使细心打理,你的钱都可能会缩水,更不要说放在家里发霉了。要想让你的钱不贬值,那就得理财。储蓄是最笨的办法。在我看来,一笔资产是否缩水,要看它的利润是否高于银行同期的定期利率,只有等于或高于银行同期定期存款利率,才能算赢利。当然,可能很多达人会笑话我这个老土观点了,因为必须还要考虑整个国家的经济现状、物价上涨等等诸多因素。不过,这就不是我一个小主妇要操心的事情了。

现在,回过头再来看看"买房养老用"这件事。花几十万来买房,就算你正好有这么多现金,还要花费一大笔的交易费用,如果你要贷款,就要还很多的利息。然后,每年都要交物业费、卫生费等等。假设我们把这件事看做一项投资的话,那么,这些都是要从收益里减去的。

俗话说,三十年河东,三十年河西。你知道你的房子在30年后会变成什么样吗?也许土地征用,也许那个小区已经变成了荒凉的贫民区,也许会发生水灾、火灾、大地震等自然灾害,这些都是不可知因素。相比较来说,买房绝对不是养老的好选择,存在银行里或是买国债都比这个选择强多了。如果你真有那么多现金在手,完全可以投资更好的项目,说不定收益更大。好项目一旦赚钱,你还会为老了之后发愁吗?

这样比较来看,为30年后要住的房子买单真是划不来。

当然,你可以出租出去,但别忘了,一般大家选择养老的地方都会比较清静,清静的地方适合养老,但不适合出租。

我不反对买房投资,看了我的文章的朋友都知道,我对房地产投资还是比较执著的,但我坚决反对囤钱在某一个项目上而不流动。买一个房子,在自己手里放5~8年,不仅房子增值了,租金也是一笔不小的收入。这是个相对稳妥的投资选择,既避免了快进快出导致的交易费用增加(五年内的交易税费很高),又可以在能够预见的时间范围内规避那些不可预见的风险。而且,经过几年时间,一些楼盘的各种配套服务基本完成,各项优势都可以得到提升,此时再卖房,收益肯定很高。

很多人说,我也知道投资房产能赚钱,但是我没钱啊,那我拿什么去投资呢?其实,除非你是富家子弟,否则要想成为富翁,你就一定要知道如何赚"第一桶金"。先看一个故事。

> 爹对儿子说:"我想给你找个媳妇。"
> 儿子说:"不用,我愿意自己找!"
> 爹说:"但这个女孩子是比尔·盖茨的女儿!"
> 儿子说:"要是这样,可以。"
> 然后,他爹找到比尔·盖茨说:"我想给你女儿找一个老公。"
> 比尔·盖茨说:"不行,我女儿还小!"
> 爹说:"这个小伙子是世界银行的副总裁!"
> 比尔·盖茨说:"这样啊,行!"
> 最后,爹找到了世界银行的总裁说:"我给你推荐一个副总裁!"
> 总裁说:"我有太多副总裁了,用都用不完!"
> 爹说:"这个小伙子是比尔·盖茨的女婿!"
> 总裁说:"这样啊,行!"

就这样,一个傻小子就变成了比尔·盖茨的女婿、世界银行的副总裁。

哈哈,这当然是一个笑话,但是它说明了一个道理:预期理想是可以为现实服务的。同样的道理,未来的财富也可以为今日的投资服务。

一个很简单的投资——买房,就可以证明我这个观点。以我自己为例,2004年我购买了一套总价16万的房子,连首付、契税及其他费用,我花了37000多元,贷款13万。贷款就是花了未来的钱。房屋出租之后,租金正好用来还"月供"。2006年后,这套房子的价格上涨到了20万,这还是保守估计,实际可以卖到22万元以上。如果我按20万卖掉,除去还银行贷款大约 12 万，还有一些契税、中介费约 5000 元，实得 75000 元，减去买房时付的 37000 元，实际收益 38000 元。这相当于两年时间资产翻了一倍。真正的增值部分是房子从 16 万变成了 20 万，通过贷款用小钱撬动大钱，37000 元变成 16 万，相当于用未来的钱进行投资，然而其他的费用是虚拟的。而你的获利其实是建立在当初那 37000 元的基础上的，这才是资产翻倍的真实原因。

而这个道理，也就是"炒房能迅速赚大钱"的根本原理，当然，那些真正的炒房团的手法可比我高明多了，我也就别再"班门弄斧"了。后来，政府陆陆续续出台了许多政策来平抑房价，比如提高二次购房首付比例、提高交易费用等，希望能通过这些手段抑制炒房者，但实际效果并不显著。这么多年，全国的房价都在涨，只是在最近一段时间才有所下降。

其实，说了这么多房子的话题，是想提出我的观点：不要把现在的钱投资到未来，而要把未来的钱投资到现在。

 优雅小主妇私密互动

白文娟：我是你的椰粉哦！我说一下我的大致情况：

我是猪宝宝，今年 25 岁，单身女子，在父母家里吃住。目前深刻认识到理财、保养的重要性。正在一家公司工作。每月工资带补贴共 2300 元，年底有奖金，大概 1.5 万左右。目前手中有现金 10 万元左右。我所从事的行业大环境不太好，公司很有可能会挂，所以在考虑今后是打工还是自己做生意。但是目前却不知道该怎么理财，没办法生财是很郁闷的事情。还有，我的花费很大，基本上每个月的工资都花光的，我今天初步算了算，仅这两个半月就花掉了 1.5 万元，总觉得花钱的地方太多，挣钱的路子太少。我认为女人经济独立才能人格独立，希望姐姐能够给我点儿理财的建议。不胜感激哦！

淡若椰风：你的收入在你的城市来说应该还可以吧，手上有点儿钱可以考虑做一些投资。对老百姓来说投资无非就是股票、楼市、黄金、做生意等，可选择的比较少。现在的经济形势不是很明朗，要有长期收益的打算，短期内获利希望可能较小。如果自己要考虑做生意，那就最好留现金在手上，选择熟悉的行业。

关于你的花销，如果按照你这两个月的消费来看，确实比较高，应该注意控制。开源节流，现在开源的计划很难实现，那更要节流了。你在父母家吃住，只要学会记账，稍稍注意就可以节约很多了。

5. 零角碎钞是筑建财富城堡的基石

> 现在,没有谁能够安安静静、沉沉稳稳地从一分一角一元的零碎钱赚起。其实,"股神"巴菲特的年收益率也才不到30%嘛!能让自己的资产以每年10%的赢利速度稳定增长,就已经相当不错了。罗马不是一天建成的,财富也不是一夕获得的,那些你瞧不起的零角碎钞,却是筑建财富城堡的基石。

优雅小主妇,在生活中要优雅,在赚钱这件事上可是实实在在的"小"主妇,在我看来,赚钱不能放过任何一个细小的地方,一分钱都要赚。俺家宝哥却从来看不起那些细小的钱,就算地上有一个一元硬币,他都懒得弯腰去捡。有的时候,我就奇怪,为什么我们两个在金钱的观念上有那么大的差距呢?农民出身的宝哥,舍不得花钱,可又不屑于赚小钱;身为小商人后代的我,舍得花钱,但绝对不放过任何赚钱的机会。我经常用自身的经历来教育宝哥:"不积跬步,无以致千里;不赚小钱,无以成富豪。"但我的"小生意经"经常遭到宝哥的鄙视,他有时候嘲笑我:"就那点儿利润也能把你美得冒泡泡,你也太没见过钱了!瞧瞧你这些年东折腾西折腾,也没有我收入高。"很不幸,他说的是事实,他的工资收入是我的两倍。在铁一般的事实面前,我的任何辩驳都显得那么苍白无力,幸好我看到了下面这个故事。

上个世纪90年代，美国斯坦福大学有一个名叫默巴克的学生。他的成绩非常优异，每年都拿奖学金，但他的家庭很普通，父母都是普通的公司职员，经济上有些拮据。默巴克为了减轻父母的经济压力，进了大学以后就打工赚学费，帮学校做一些剪草坪、收报纸、打扫卫生的工作。在打扫学生公寓的时候，他发现了一个问题，墙角、沙发下、床下、桌子下有很多硬币，1美分、5美分、10美分、25美分的都有，默巴克把它们都捡了起来，然后如数还给宿舍的学生。但有很多学生嫌麻烦，都不肯收回这些硬币，默巴克觉得很奇怪，还就这件事给财政部写了封信。

财政部很快回信给默巴克，告诉他，每年被人扔掉的硬币就有105亿美元。100多亿啊，居然都被扔在墙角、沙发下了，这让默巴克陷入了沉思，一直琢磨着如何把这些被扔掉的硬币变成财富。要想把这些财富挖出来，首先要搞清楚到底有多少。于是，默巴克查阅了大量资料后发现，在30年的时间内被人丢掉的硬币，大概有1700多亿美元。这是一个多么巨大的金矿啊！

但怎么挖呢？冥思苦想之后，默巴克想起了硬币兑换机。他很快就注册了一家叫做"硬币之星"的公司，制造出了自动换币机，然后把这些机器放到了各个超市、商场里。顾客只要把手里的硬币放进这个机器，机器就会自动点数，然后打出一张收条，顾客凭收条就可以到服务台领现金了。

结果，这种自动换币机在超市大受欢迎。仅仅5年时间，"硬币之星"就在美国9000家超市里设置了10000台换币机，而默巴克也从一无所有的穷学生变成了超级富翁，人们都说他是一美分垒起来的大富翁。

借着这个故事，我好好地教育了宝哥：勿以善小而不为，勿以钱少而不赚，积少成多，集腋成裘，聚沙成塔，财富无多少，赚钱是王道，吧啦吧啦……俺有理有据，有故事有论证，最后直把我们家宝哥说得心服口服外加佩服！

这年头，有一夜暴富梦想的人太多了。在 2007 年的股票大牛市行情中，天涯、搜狐等社区里，股票收益没有翻 10 倍以上的人，发个言都要被鄙视死，没有谁能够安安静静、沉沉稳稳地从一分一角一元的零碎钱赚起。其实，"股神"巴菲特的年收益率也才不到 30%嘛！能让自己的资产以每年 10%的赢利速度稳定增长，就已经相当不错了。罗马不是一天建成的，财富也不是一夕获得的，那些你瞧不起的零角碎钞，却是筑建财富城堡的基石。

6. 唤醒沉睡资金

> 　　住房公积金就是最大的一笔沉睡资金。住房公积金，是指员工和所在单位共同缴存的长期住房储金。用公积金贷款买房的利息，可以低于同期商业贷款买房的利息。但是，公积金的使用有很多的限制，仅限于购房、购房还贷、房屋维修，而且公积金的提取程序过多，等候时间太长，所以，很多人忘记了这一笔数额不小的资金。

　　资金只有周转起来才会升值。所谓"钱生钱"，也要钱"动"起来才行，放在家里只能发霉。小家庭理财，除去必要的资金保障生活所需和一定比例的存款，其他资金就要让它流动起来。

　　这个道理不难理解，大家都懂，但在具体行动上，就未必人人都清楚了。也许眼前的现钱，你是利用起来了，但生活中，还是有些资金在那里沉睡，等着你唤醒，就看你有没有发现。

　　住房公积金就是最大的一笔沉睡资金。住房公积金，是指员工和所在单位共同缴存的长期住房储金。用公积金贷款买房的利息，可以低于同期商业贷款买房的利息。但是，公积金的使用有很多的限制，仅限于购房、购房还贷、房屋维修，而且公积金的提取程序过多，等候时间太长，所以，很多人忘记了这一笔数额不小的资金。等到退休时再提现的话，虽然感觉好像多了一笔"意外之财"，但人老力衰，也没什么心气儿了，不太可能让这笔资金发挥作用了。

当初我买房投资，每月的还贷正好用租金相抵，所以一直就没想起公积金这笔"巨大"的财富，直到有一天宝哥无意中查看了一下他的公积金账户，才发觉居然有8万多。当时，我们一直为没有资金投资而苦恼，现在发现居然有这么大一笔资金在那儿睡觉呢。我们开始想怎么把这笔钱套现，按政策规定，必须要一次性还清银行贷款才能将公积金全部提现，我们还剩11万元贷款未还清，要把这笔钱提出来，就要有3万元现金做"引子"。为此，只好把股市的钱变现了，虽然没有在股市上赚到钱，但也没有亏，所以也不觉得心痛。最合算的是，一口气还掉了一套房子的贷款，小算盘噼里啪啦一打，获利也不小呢。

公积金在银行里是活期存款，按照当时的0.72%的利率计算，8万元在银行放上15年之后是89089.34元。我买房时用的是商业贷款，商业贷款利率一般都是6个点以上，我按6个点计算，按照等额本息方式还贷，15年后，贷款的8万元的部分应还给银行是121515.38元。这样一算，我相当于用沉睡在公积金账户里的8万元赚到了32426.04元。而且一下子没有了还贷款的压力，房租可以用来进行下一步的投资。如果这笔资金等到宝哥退休后才取出来，那要亏损多少啊！所以说，只要资金用活，流动起来，它能产生的效益比滞留在那里大多了。

其实，很多人也意识到了公积金沉睡所造成的浪费，有些专家就提出要将公积金提取条件放宽，比如建议公积金可用于租房等用途。但公积金的管理一向比较严格，甚至可以说苛刻，所以，如果你想把公积金套现，一定要学会使用合理合法的套现手段。

房屋贷款首付，可以取公积金，不过要先垫付资金，如果能有周转的时间，可以采取这种办法，借款先付首付，然后再办理公积金取现的手续。

公积金可以提前还贷，就像我的套现手段，前提是一次性付清全部贷款，然后才能取现。

公积金也可以按月还贷，一般先还掉当年贷款，到次年，在公积金管理中心办理手续，可以取公积金还头一年的贷款。

不过，各地的公积金管理细则都会略有不同，大家可以仔细学习，挑选最适合自己的方法，原则只有一条，学会让沉睡的资金流动起来。

前几天逛街时，顺便逛了逛一家新楼盘的售楼处，现在楼市不景气，开发商打出了这样的促销手段：只要买房，交完定金，签好合同，开发商帮你办理公积金套现的手续，套现的公积金可以完全冲抵房屋的首付款。这样的促销手段，又撩拨起我购房的欲望了，嘿嘿，宝哥和我的公积金账户这两年又累积到了6万元。不过，实际上并没有下降多少的房价以及目前的经济大环境让我冷静了下来，严厉告诫自己：冲动是魔鬼！

7. 用保险保障未来

> 其实有的保险我们希望一辈子都不要用，但是，一旦风雨来了，我们无法庇护自己的亲人的时候，就让保险来挡一阵风雨吧。

天有不测风云，人有旦夕祸福，在人生道路上，即便我们小心翼翼，但是还是会有种种的意外让我们措手不及。疾病、婚变、意外等等，都是人生旅途上的暗礁，学会用保险保障未来，让我们在面临挫折时，至少有一份金钱的保证。

在生活中，我们经常会看到，本来好好的一个小康之家，却因为家里出现一个病人而变得潦倒不堪、一贫如洗。小时候，我家也算是小康之家，后来因为爸爸患重病，家里的经济一下子陷入困顿，直到父亲过世四五年后才慢慢恢复了一些。像我这种经历，我想很多人也都有过吧。

俗话说，有什么别有病，没什么别没钱。如果没钱的人得了大病，那一家人的日子肯定会一落千丈。健康是家庭幸福的首要保证。过去，医疗保险不是很完善，老一辈人也不太注意这个，所以一旦家里出现一个病人，那种打击是非常大的。现在看病太贵了，感冒发烧去一趟医院都要花个三五百，更不要说那些重大疾病了，动辄几十万，咱普通老百姓哪受得了这个？如果办理了保险，即使生病，虽然不是一点儿钱不花，但也不用为了大笔的医疗费发愁，这样一来，家庭生活就有了比较高的"抗风险能力"，对疾病治疗也有了金钱上的保障。

现在，正规单位都要给员工缴纳基本的医疗保险、意外伤亡保险等，学校一般也会给孩子上医疗保险,所以不用特别担心。但有些家庭里的老人却有可能没有保险,别忘了,老人可是最容易得病的人群了。在这里,提醒各位姐妹们一句,千万不要舍不得那点儿小钱,如果家里的长辈还没有医疗保险,一定要尽快去给他们买一份。

我曾经在网上看到一则故事,名字叫《给自己买保险的男人》,这个故事是对购买保险必要性的诠释,跟姐妹们分享一下吧。

我是一家保险公司的营销人员,每天都在想着如何发展客户,所以偶然结识那对中年夫妻后,便觉得他们是很有潜力的客户。

那位妻子在一次车祸中失去了双腿。我决定向他们推荐我们公司的一个险种,每年交费不多,但是死亡之后,会得到一笔数目不菲的死亡给付金。

上门推销的时候,男人和他的妻子客气地接待了我。看得出来,男人将他的妻子照顾得很好,家里也很整洁。他的妻子看起来很乐观,显然早已经从失去双腿的打击中走了出来。我想,这多半归功于她的丈夫。在人生不期而至的磨难面前,爱人的支撑往往是人们走出磨难的力量。这让我对说服这对夫妻购买我推荐的险种充满了信心,以往的推销经验告诉我,感情和谐的夫妻很愿意购买这种具有投资价值的保险,因为未来在他们心中是那么美好。

初次上门,我只是介绍了这个险种,然后和他们闲聊了一阵儿,没有急于让他们作出决定。过于急功近利,往往是欲速则不达。第二天,那个男人就给了我反馈,他对这个险种很感兴趣,但是囿于目前的经济条件,只能为其中的一人购买。

我立刻向他建议,为他的妻子购买,这样他妻子去世后,他就可以得到那笔数目不菲的死亡给付金。

按他们夫妻二人的健康状况,他的妻子很有可能先他而去。而他,接下来会有属于自己的生活,比如说再娶什么的,而那笔钱会让他过上比较有质量的生活。

给我们上课的老师曾经说过要善于发现利益缺口，用利益来打动人心，从而促使对方下定购买的决心。

我以为我发现了这对夫妻的利益缺口，妻子的健康状况不如丈夫，不菲的死亡给付金对丈夫而言就形成了诱惑，所以我对这个男人滔滔不绝地讲述这个险种能够给他带来的种种好处。

但是男人打断了我的话，他说，她都不在了，我要那些钱干什么？

我愣住了。

男人说，假如有一天她不在了，我还可以靠自己，但是假如我不在呢，她该怎么办呢？

然后，男人为自己买了一份保险。签完字后，男人如释重负地笑了。或许，这个问题困扰他很久了，他在一天，必然会护她周全，但是世事无法预料，他害怕自己有一天会先她而去，那时她该怎么办呢？而现在，他放心了，至少，她会因此而衣食无忧。

看着男人的背影，我陷入了深深的沉思。这是一个外表普通却爱得深沉的男人，他爱她，所以为她深谋远虑，所以毫不犹豫地摒弃了自己的利益。

这以后，我不再试图寻找什么利益缺口，我想说的是，请为你自己买份保险吧，为你爱的人，当你无法再庇护他们的时候，他们至少还有物质上的帮助。我的业绩有了明显的增长，爱，从来都是这样所向无敌。

上面的这个故事，也许会让你明了该如何购买保险了，其实有的保险我们希望一辈子都不要用，但是，一旦风雨来了，我们无法庇护自己的亲人的时候，就让保险来挡一阵风雨吧。

提醒大家一句，个人购买保险时，当然是保障越齐全越好，但是保费不要超过年收入的1/4，而且保险有太多的条件限制，签订保险合同时一定要仔细看清条款，避免以后发生无谓的纠纷。

8. 最有效的投资是给自己的大脑投资

> 最经济的投资项目就是知识，拥有了知识，就有了获得财富的能力。当然，知识不等于财富，你还得拥有发现财富的眼光、追求财富的勇气和毅力。

很多刚出校门的朋友急切地问我："我的收入不是很高，什么是适合我的投资？"无一例外，我的回答都是知识。

知识改变命运，这是我这么多年来最深刻的感受。敏麟是我的高中同学，农村孩子，家境贫寒，天资聪颖，学习也刻苦，理化成绩优异，接二连三地跳级。高二那年，他考上了中国科技大学少年班，随后又读了研究生。2002年我们同学聚会时，他从国外回来，当初那个衣衫破烂、神情羞涩的小男孩，变成了一个西装笔挺、风度翩翩的小伙子，他现在是一家国际电讯公司的技术管理人员，年薪是6位数。

如果没有当初的"鱼跃龙门"，没有后来的进一步深造，那样一个家境贫寒的农家孩子，也许一辈子都赚不到他现在一年的收入。这样的例子，可能每个人身边都发生过，这最普遍的事实说明了：最经济的投资项目就是知识，拥有了知识，就有了获得财富的能力。当然，知识不等于财富，你还得拥有发现财富的眼光、追求财富的勇气和毅力。

投资知识，可以通过课堂里的系统学习，就像现在的大学教育。还可以通过专业课程的学习，如法律资格证、注册会计师等从业资格证等，这些是找到好工作的敲门砖，一旦考上，就能很轻松地跨入高薪行业。所以，不喜欢自己的本职工作或是希望能获得更高平台的人，可以采取这种办法，考一些含金量高、社会认可程度高的资格证书。

我一个同学的弟弟叫国强，当年从技工学校毕业后到了宜春的一家国企。现在的国企技术工人的工资基本都是一千多块钱，不死不活地吊在那里，虽然工作不忙，可这点儿工资别说找对象，连自己过日子都有点儿紧巴。国强是个有志向的小伙子，工作后就一直没有放弃学习，他先是通过自学考试获得了法律专业的本科学历，又一鼓作气拿下了国家司法考试，取得了法律工作的从业资格。前两年，他来到了南昌，从事法律工作，年收入在10万以上。和过去相比，他的收入增加了10倍。

另外一种投资知识的办法，所用的资金和时间更少，但是效果可能会更好，那就是平时的积累。留心之处皆学问，向书本学，向身边的人学，向竞争对手学，发现自己的弱点，学习别人的长处，这样会让自己吸引财富的能力呈几何级数增长。

很多女人投资完全靠直觉，但直觉往往是靠不住的，要想脱离靠直觉的层次，就最好学习一些财经知识，懂得一些理财知识，这才是获得财富最稳妥的途径。有空的时候看一些通俗的经济书、理财书，了解资本和经济的运行规律；利用乘车、吃早点、中午休息的零散时间，阅读一些财经报纸和财经新闻，也许枯燥难懂的经济学用语会让你头疼，也许密密麻麻的数字会让你感到有压力，但是如果连这些努力都不想付出，那就别老想着赚钱的事儿了。

我买房投资时，几乎每晚10点多都要收看《江西房地产》节目，《江南都市报》、《南昌晚报》的房产版全部留下来，时常翻阅，基本上每一个楼盘我都知道具体的位置，经常还跑跑楼盘项目所在地，对楼市的敏感度就是在这样的点滴积累中培养出来的。

第三章

穷主妇,富主妇——我的理财经验谈

　　有人说:"20岁的女孩理财,像是日本动画片:剧情单纯,过程夸大而浪漫,是可以用来下酒的回忆。30岁的女子理财,像是美国商业片:超级英雄,只要她愿意,没有不可能的事。40岁的女人理财,像是欧洲文艺片:精致隽永,韵味无穷,叫人心旷神怡。"呵呵,这个人说得太诗意了。在我看来,理财的意义很简单——吃不穷,喝不穷,不会算计一辈子穷;理财的方法也很简单——你要有获得财富的渴望,因为你不理财,财就永远不会理你!

　　其实,财富的获取从来都不是偶然的,而是一种必然。当然,从偶然到必然也是有条件的,这个条件就是你要对财富有正确的思考。什么是正确的思考呢?别急别急,且听我慢慢道来。

1. 有多少思路，就有多少财路

> 我总结出来的第一个理财经验就是：赚钱的门道得自己找。不要看人家赚钱轻松，就跟在人家屁股后头跑。不同的人有不同的资源、不同的眼光和底气，人家能赢你未必也行，你可以大赚特赚的地方，他却可能折戟沉沙。

不怕姐妹们给我拍砖，有些话不说出来我是如鲠在喉，不吐不快。我一直都觉得，咱们中国人，尤其是大陆人，在金钱面前很少有"气儿顺"的时候，往往是两极分化——不是超级自卑就是超级自傲。有时候，对金钱到了顶礼膜拜的地步，为了金钱可以出卖所有；有时候又特瞧不起有钱人，认为别人发财都是撞上了大运，或是有个好爸爸——老子发财儿有钱。这种典型的"酸葡萄"心态，正是好多人至今还无法富足起来的最大障碍。

其实，财富的流向从来都不是偶然的，而是一种必然。当然，从偶然到必然也是有条件的，这个条件就是你要对财富有正确的思考。

什么是正确的思考？下面就以我个人的经验和教训现身说法，给大家一些借鉴吧。

几年前，我在一个老同学的启发和帮助下试着投资房地产。最开始的时候，我步步紧跟我的那个同学。他买了个小户型作投资，我也不问三七二十一,急急忙忙买了一套,倒是买来就有收益,我直接把房子给出租了,而我那个朋友是等着房子升值之后转手卖掉,赚了一大笔差价。事后仔细思考我们之间的差距,想想自己的投资思路还是有问题的。

最大的问题是我盲目跟风,没有根据自身的条件来确定适合自己的投资方向。我的那个朋友,因为资金比我雄厚得多,所以他买的房子地段、房型、朝向都非常好,升值当然也就很快,转手当然也就能赚大钱。而我因为资金的限制无法兼顾到那么多,房子升值就比较慢,所以只能辛苦地赚点儿房租钱,使本来就不多的流动资金又押在了房子上。

所以,我总结出来的第一个理财经验就是:赚钱的门道得自己找。不要看人家赚轻松,就跟在人家屁股后头跑。不同的人有不同的资源、不同的眼光和底气,人家能赢你未必也行,你可以大赚特赚的地方,他却可能折戟沉沙。明白了这一点,我的那个同学后来投资买大房子的时候,我就不再做他的"跟屁虫"了。

曾经看过"汽车之父"福特的一本传记,其中有一个情节对我的启发很大,使我的财商又提升了一大块。

福特制造 T 型车一举成名后,很多人瞧不起他,认为他无非是运气好而已,更有好事者在报纸上刊登"挑战书",表示要和福特辩论,看看他有多少汽车专业知识,以借机羞辱一下福特。福特在办公室里平静地接受了对方的挑战。前来挑战的人提出了一大堆关于汽车设计、生产、经营方面的刁钻问题,提完之后微笑地看着福特,只等他当众出丑。福特也微笑着记下了所有的问题,一等对方提完问题,他便将他的顾问小组成员一一请出,挨个回答所有问题。之后,福特笑着对气急败坏的挑战者说:"我之所以能成功,是因为我每天都在思考到底让谁来帮助我解决问题,我只需要思考这些就可以了。"

福特的最后一句话给我启示就是：真正的高手一定要借力生财。

福特懂得了这个道理，所以他借"顾问"们的手，缔造了汽车业的航母。如果我们把这个经验借鉴过来，用在我们的个人理财上面，"毕其智为己所用"，那么我们也可以构建自己的财富大厦。

创造财富的过程其实也是整合资源的过程，是借助外在的人力、物力为己所用的过程。一个人的能力是有限的，如果只凭自己的能力，能做的事很少。自食其力的人当然很值得尊敬，但如果你同时懂得借助他人的力量，就不但值得尊敬，简直令人敬仰。你个人、你的事业也将因此变得无所不能、无往不胜。

阿飞是我的大学同学，当年在班上论学习成绩他可实在不怎么样，每次期末考试都是连滚带爬地通过，他当时最忧虑的事情是如何才能顺利毕业。而十年之后的今天，如果以财富的多少论成败，他无疑是班上60多位同学中最成功的，目前是一家上市公司的副总裁，已经跻身于富豪之列了。我们曾经聊过他的成功要素，除了面对困难从不退缩的良好心态之外，阿飞认为在大学里培养出来的与人交往的能力、团结一帮弟兄聚集在自己身边的能力、发现人才并善于用人的能力这三大要素是铺就他成功之路的基石。

再来说说眼下的经济危机。世界历史上每发生一次经济危机，都会有成千上万的企业倒闭、破产，太多的人在抱怨，抱怨命运、抱怨老板、抱怨社会……但是，赫赫有名的摩根帝国，却能在几次经济危机中不断壮大。1835年，摩根帝国的创始人皮博迪在全世界"新经济泡沫"的危机中起步，1895年、1907年的两次经济危机中，摩根银行挺身而出，成为美国的中流砥柱，同时也获得了巨额财富。这说明什么？这说明有眼光的人会将每次的危机视为财富重新分配的机会！当然，这个前提就是：你要有善于发现财富的眼光。

这一点，我想大家应该是最没有异议的。身处同一个股票市场，有的人投资成倍增长，甚至翻数十倍的都有，但是有的人却会亏得要去跳楼。这其中，除了投资的眼光有别之外,我们还能找到其他的原因吗?当然,眼光和胸襟也是可以培养的。就拿我和宝哥来说,虽然目前大的经济形势使我家的投资在缩水,但是我们没有就此停步,一味地抱怨和遗憾,而是密切地关注全球以及国内的经济走势,随时准备在适当的时机卷土重来。我想这也是培养眼光的一种方法吧。

我的最后一点经验是写给当年的自己,也是写给现在刚刚步入社会的年轻人的。当年刚参加工作的时候,也许是年轻气盛、少不更事,总觉得领导太苛刻,总觉得自己在工作中不受重用。其实现在想一想,领导不重用,意味着你的能力还有待提高,为什么不把这种考验当做一种历练,鞭策自己更努力地创造更大的业绩呢?领导从来只开除那些没有价值的员工,还很少听说领导会开除自己的左膀右臂。既然如此,为什么不思考一下如何提高自己的能力,让自己的价值最大化呢?在我看来,让自己的价值最大化其实是一种最佳的投资理财方式。它可以让你自身变成财富的磁石,你只需在工作中彰显自己的价值,财富就会不请自来。

2. 理财，没有最早，只有更早

> 在人仰马翻的职场中拼杀的小女子们，不要再死心眼地寄希望于工资能给你带来多少财富了。换个思路想想致富这件事。不要再把理财当做一个计划，尽快把它化为行动吧。

同事之间闲聊，有人问："三十多岁的女人最大的恐慌是什么呢？"

A 说："没有男人。"

B 说："一个朋友也没有。"

C 说："没有钱。"

我的看法是：有没有男人，多数时候要看缘分，不是我们单方面所能左右得了的；有没有朋友，要看你的个人魅力和情商；但是没有钱，却只能怪你自己没有尽早培养理财意识，作出理财规划。

在当今这个社会，没有什么都可以（当然，做人的德行和操守不在讨论之列），就是不能没有钱。有反对意见的姐妹尽管拍砖啊，无论怎样我也要实话实说。我就是认为，作为一个女人，没有任何事情能比稳定的经济基础更能带给我自信和安全感了。而理财作为我们工作之外的又一项收入，可以让我们在财富的路上跑得更快更远。

那为什么说理财越早越好呢？举个例子来说吧。假设你今年 20 岁，那么你可以有以下选择。

20 岁时，每个月投入 100 元用做投资，60 岁时（假设每年有 10%的投资回报），你会拥有 63 万。

30 岁时，每个月投入 100 元用做投资，60 岁时（假设每年有 10%的投资回报），你会拥有 20 万。

40 岁时，每个月投入 100 元用做投资，60 岁时（假设每年有 10%的投资回报），你会拥有 7.5 万。

50 岁时，每个月投入 100 元用做投资，60 岁时（假设每年有 10%的投资回报），你会拥有 2 万。

看到上面的结果，你会选择在哪一年开始你的理财之旅呢？

也许有人会提出疑问，这么大的差距是怎么产生的呢？很简单，就是上面的数据中所体现出来的——差距是时间带来的。经济学家称这种现象为"复利效应"。复利，就是复合利息，它是指每年的收益还可以产生收益，即俗称的"利滚利"。而投资的最大魅力就在于复利的增长。想当年，黄世仁就是凭着这种"驴打滚"的毒计害死杨白劳、强娶喜儿的。著名的物理学家爱因斯坦称："复利是世界第八大奇迹，其威力甚至超过原子弹。"

虽然我个人对于"复利效应"的神话保持着一种敬意，也会理性地看到数据中永远的"10%"是很难实现的，但是我从心底里十分相信"钱生钱"所产生的财富会远远高于我们的预计，这就是金钱的"时间效应"。忽略了这个效应，我们就浪费了财富增值的机会。不明白这个道理，我们就只会在羡慕别人的财富越来越多的同时，看到自己和对方的差距越来越大。

每一个想与财富结缘的人，迟早都要走上理财之路，既然是迟早的事儿，何必不早一步呢？不要说现在没有钱，不要说你没有时间、没有经验……理财真的没有那么麻烦。当然，这话不是我说的，是我国著名的理财专家刘彦斌说的——"理财其实很简单",只要做好以下三个步骤,你就可以成为理财高手。

1. 修水库——攒钱。只要你有工作,只要你能自食其力养活自己,你就可以通过努力赚钱、控制开支来攒钱。当然,控制的程度取决于你想攒多少钱。

2. 打深井——生钱。生钱,也就是以钱赚钱。相比较而言,三个步骤当中就这一步还有点儿"技术含量",而贫与富的差距也就在这里。世上原本就没有不劳而获的事情,要想舒舒服服地过上有钱人的日子,多动动脑子,学点儿理财知识还是值得的。尤其是在当下的大环境下,无论是投资渠道,还是投资氛围,相较于以往,不知要好上多少倍。

3. 筑地基——保险。如果我们把理财的过程看成是建造财富金字塔的过程,那么买保险就是为金字塔筑底的关键一步。很多人在提起理财的时候往往想到的是投资、炒股,其实这些都是金字塔顶端的部分,如果你没有合理的保险做后盾,那么一旦自身出了问题,比如失业,比如大病,我们的财富金字塔就会轰然倒塌。没有保险,一人得病,全家致贫。如果能够未雨绸缪,一年花上千八百块钱,真到有意外的时候可能就有一份十几万、几十万的保单来解困,何乐而不为呢?

那些像椰风一样,在人仰马翻的职场中拼杀的小女子们,不要再死心眼地寄希望于工资能给你带来多少财富了。换个思路想想致富这件事。不要再把理财当做一个计划,尽快把它化为行动吧。你可以想象一下:若干年后,你成了一个远近闻名的理财高手,你的财富在你睡大觉的时候,在你去海滨度假的时候,都在一如既往地增长,你会不会在睡觉的时候都乐出声来呢?为了这一天,你也该行动了。

3. 和有钱人站在一起

是啊，要理性，要理性，我一定要理性！俺可不是仇富的愤青！俺就喜欢跟有钱人站在一起。记得俺的偶像——雅芳 CEO 钟彬娴曾经说过一句名言："找个贵人帮自己。"

俗话说，物以类聚，人以群分。谈到理财，我认为这个道理同样适用。如果你身边的朋友都是整天吃喝玩乐、寅吃卯粮的"月光族"，那你也不太可能攒下钱；如果你身边的朋友个个都精打细算、有理财意识、有投资眼光，那你肯定也差不到哪儿去。这样的朋友在一块儿，可以互相介绍一些好项目，自己也会时不时地"攀比"一下。呵呵，各位姐妹们可别说我"势利眼"，咱就喜欢跟"有钱人"交往，不是想占人家的便宜，而是想看看人家的钱到底是怎么来的！

我的高中同学袁泉，可以算得上是我的社交圈里最有经济头脑的一个。很长一段时间，我就是跟着他学投资的。他投资房产，我也投资房产，他买股票，我也买股票……就这样亦步亦趋地跟着。可让俺惭愧的是，他的资产翻了数十倍，我的资产翻了一倍，就这样一路跟着，最后还是跟丢了。

2000 年，袁泉从宁波回到南昌，从技术工作转行到营销工作，这个选择是颇具风险的，但也为他今后的个人财富增长奠定了基础。他的个性和做事风格，非常适合做营销工作，所以他很快就在新公司里站稳了脚跟。曾经在浙江打工的他，经历了一次房地产业的迅猛发展，他认定南昌的房地产市场必定会有一个快速上涨的过程，于是，他在 2003 年贷款买了一套小户型作为投资。通过跟他聊天，我对他的观点和做法完全认同，所以我将家里所有的资金都投到了房产上。2004 年，我一气买了两套房子，简单装修之后就租了出去，我自然也成了每月坐收租金的"包租婆"。不过，更让我欣喜的是，不断上涨的房价证明了我当初的选择是多么正确。

尝到甜头之后，自然唯袁泉"马首是瞻"，但和他的差距却还是越来越大了。袁泉不仅在投资、理财上有头脑，工作起来也很有一套，深受老板赏识，职位提升得很快，收入也跟着成倍增长。于是，他又买了两套房进行投资，还买了一个"大豪斯"自住。2006 年，因为要装修自己的房子，他卖了一套房，从这套房上赚的钱就足够他装修那个"大豪斯"了。2007 年 11 月，深圳楼市开始跳水，他意识到了风险，又脱手一套房产，这套房产的获利可以买下他自住的那套房产。经过这样倒手，他自住的房子，以及装修和家具、电器，相当于一分钱没花。

我一路跟在袁泉身后，按照他的模式打理自己的钱，买了两套房之后，获利不小，却没有办法跟上他的脚步，因为我已经没有了资金。等他脱手房产后，我的房产脱手已经来不及了，房价从高点下降。现在，他又开始投资实体经济，几人合伙开了一个专营店，而俺却没法效仿，因为俺的家底儿太薄，根本连进入的门槛都够不到。

当初他的收入仅比我略高一些，他的模式能给我带来实际的借鉴意义，但是一旦收入差距拉到十几倍甚至几十倍的时候，理财模式的差别就会非常大了。如果说财富是一场盛宴，那么，他拿到了入场券，而我却没有，只能在门外看着。但我还是非常感谢袁泉，正是他的各种点拨，使我家的资产踏入了良性循环的轨道。话说回来，在一场财富盛宴中，人和人之间还是有"阶级"存在的。当资本的差距达到十几倍后，别人理财和投资模式对你就不具有借鉴意义了。这时候，就不存在别人吃肉你喝汤的好事儿了，而是不同"阶级"的人在不同的锅里吃，锅的大小不一样，里面的肉也不一样，就看你属于哪个"阶级"了。就像生产力决定生产关系，资本的多少也决定了理财的手段。如果你只有封建社会的生产水平，就不要拷贝资本主义的生产关系。记住，大跃进万万要不得！

写到这里，姐妹们，我突然对着窗外大喊了一声："我好嫉妒袁泉啊！"正在厨房忙活的老公一下子冲了过来："你疯啦？""我嫉妒袁泉啊！"我又小声嘀咕了一句。老公冷冷地看着我说："嫉妒是理性的killer！"说完，他就酷酷地回到了厨房。

是啊，要理性，要理性，我一定要理性！俺可不是仇富的愤青！俺就喜欢跟有钱人站在一起。记得俺的偶像——雅芳CEO钟彬娴曾经说过一句名言："找个贵人帮自己。"在投资、理财上，其实我们就需要找个贵人帮自己，如果这个贵人不肯帮，那么天天跟他站在一起也是好的，他往东你就往东，他往西你就往西。

4. 钱包里只留一张卡

> 抛掉那些花花绿绿的卡,如果你觉得必须要有信用卡的话,那就只留下一张,但一定要有一张储蓄卡;每一笔钱进账,10%用来储蓄、投资,20%用来偿还债务(如果你没有债务,请将这20%也存进储蓄卡,或者进行投资),70%用来支付各项生活费用。理财其实就这么简单,坚持下去就可以了。

好多姐妹都喜欢办各种各样的卡——信用卡、打折卡、贵宾卡……

我有一个叫冰冰的同事,专门有一个放卡的大钱包,里面的卡琳琅满目,什么招商银行信用卡、交通银行信用卡、工资卡、福利卡、打折卡、贵宾卡、美容卡、美发卡……每个月的月初、月末,冰冰就忙着给各种卡充值,还要给各种刷爆的信用卡还账。这些让人看起来就头疼的事情处理完之后,冰冰就会开始新一轮的消费、购物运动。有卡就有打折,所以她总感觉自己占了很多便宜。我们南昌有句话叫"便宜买穷人",其实说的就是冰冰这种人,买东西时觉得比别人便宜一些,慢慢就变得没有了节制。购物多了,总支出肯定就大了,因为用的都是卡,没有现金流出的肉痛,所以就暂时忽略了自己的消费能力,刷起卡来好不潇洒大方。幸好她的家庭条件不错,"月光公主"冰冰在无米成炊的时候,总能在父母那里蹭吃蹭喝,还能从父母那里拿些钱应急。

俺不像冰冰那么幸运，有一座"金山"可挖，所以俺也就对那些花花绿绿的卡时刻保持警惕。它只是给你一个错觉，好像你很有钱，可以尽情地刷啊刷，其实你根本没有足够的支付能力。

人的欲望是无止境的，微不足道的薪水任何时候都填不满那"欲望膨胀"的胃口。能够控制自己欲望的人一般都是圣人，常人最难控制的就是自己的欲望。平凡的你我都是常人，我们的欲望就是在捉襟见肘的困窘中得到抑制，各种各样的卡会让我们的困窘推迟显现，而人的本性就是得过且过，暂时看不到经济的紧张，不注意节俭度日，自然就会寅吃卯粮，管得了眼前，顾不了今后。看看吧，那些商家是多么"阴险狡诈"啊，他们不仅用层出不穷的新产品诱惑我们，还要用各种各样的优惠卡让我们坠入消费的陷阱。

我曾经读过一本叫《巴比伦富翁的理财课》的书，里面讲了一个奴隶致富的故事：奴隶达巴希尔从叙利亚逃脱到巴比伦，他发誓要彻底改善自己卑微低贱的身份，给家人一个幸福自由的环境。但是，他不仅身无分文，而且还身负巨债。为此，他制订了一个严格的计划，用给骆驼商人打工赚来的有限收入进行改善工作：

> 每次收入的十分之一用来储蓄，并且在收到薪水的那一刻起就严格执行。
>
> 每次收入的十分之二用来支付债务，努力和每位债主达成协议，虽然很多债主都很讨厌这种做法，不过达巴希尔诚实地告诉他们，这总比他破产还不上好很多了，而且承诺一定准时付款。债主们最后都同意了。
>
> 每次收入的十分之七用来支付生活费用，严格和家人遵守这一限制，压缩一切非必要性开支。
>
> 你一定想知道结果吧，听听达巴希尔的原话："这项绝妙的计划一步步引领我迈向成功，使我能够还清所欠下的一切债务，并且

存下为数不少的黄金与银钱。正因为如此，我急切推荐每一个企盼飞黄腾达的人能够照此计划不折不扣地执行。不妨想一想，假如这项计划可以使一位昔日的奴隶如愿偿还所欠的每一分债务，而且还使他存下数量可观的黄金，那么它难道不可以帮助其他人也找到脱离债务、踏上财富自由的康庄大道吗？我自己目前还尚未完全达成这个计划，可我坚信，假若一如既往、再接再厉地坚持执行下去，我必定会成为巴比伦的富翁。"

姐妹们，如何让自己从一无所有的小女子变成拥有财富的女主人，效仿达巴希尔吧！抛掉那些花花绿绿的卡，如果你觉得必须要有信用卡的话，那就只留下一张，但一定要有一张储蓄卡；每一笔钱进账，10％用来储蓄、投资，20％用来偿还债务（如果你没有债务，请将这20％也存进储蓄卡，或者进行投资），70％用来支付各项生活费用。理财其实就这么简单，坚持下去就可以了。不过，惭愧地说一句：俺到现在也还没有做到这一点呢！姐妹们一起努力吧！

女人要永远记住：金钱虽然冰凉冷漠，但永远比一个不可靠的男人更能挡风遮雨。

5. 当好守财奴

借钱最大的难处在于感情和关系，甭管是亲情、友情还是同事情，都是这样。而中国人最看重的又是感情和人际关系，所以借钱这个问题让很多人不知如何是好。在我看来，有些感情不能伤，有些"感情"就可以伤，与其因为催债伤了"感情"，不如在拒绝的时候伤，否则，钱借出去要不回来，还要背地里被人数落，你说何苦呢？

做家庭小主妇，打理家庭资产，其实最怕的不是投资的风险，而是亲戚朋友借钱。投资的风险再高，也如潮水有跌就会有涨，而借钱基本上没有利润，而且风险比较大，有可能血本无归。

一旦被借钱之后，自己都不敢和借钱的人联系，生怕别人说，才借一点儿钱，就记挂得紧。经常是过了当初借钱约定的还款日期很久了，想把钱要回来，于是，鼓起十万分的勇气，打了无数遍腹稿，才拿起电话，从天气开始谈到国际形势，再到油与米都涨价，然后到今年的"收成"，额外加一点儿孩子教育的话题……绕上好一大圈，好不容易要谈到钱的问题上了，对方一句话飘来，差点儿把你噎死："对了，欠你的那笔钱，暂时还不了，这不孩子要结婚吗，等过两年条件好了我再还你，反正你条件也好，不急我这点儿钱。"

经过几次这样的情况后，只要别人来向我借钱，我恨不得把家里的电饭煲刷个精光锃亮端给他看："瞧瞧，地主家也没有余粮了！"饶是这样，我还是经常被别人当做"自动提款机"，别提多郁闷了。都说吃着碗里的看着锅里的，可我这个碗怎么看也比锅小得多啊，怎么总被别人盯上呢？要守住自己辛辛苦苦赚来的钱，扎紧钱袋子还真不容易啊！

虽说钱赚得不容易，可要是碰上亲戚朋友借钱救命、求学，那也得借啊，否则可就成了为富不仁的吝啬鬼葛朗台了，小主妇可要有仁有义啊。别着急，针对这种事情，早就有理财达人给大家总结了一个"四借四不借"原则。自从看到这个原则之后，我没事儿的时候研究了好长时间，加上了一些自己的体会作为补充，今天就大方地拿出来跟各位姐妹们分享一下吧。

借急不借穷：借钱给别人首先一定要坚持一个原则：别人确有急事可以适当借钱解围，但若是借了去做生意、买股票之类的，坚决捂紧钱袋子。不然，万一对方亏了，你能把他怎么样呢？亲朋好友间，如果有求学或重病确需借钱的，毫不犹豫一定要借，即使这笔钱三年五载都不能还回来，还是得借。这笔钱对你来说只是一个数字，而对借钱的人来说，就是改变命运的机会，就是挽救生命的希望。

借少不借多：借钱数额必须在自己承受范围之内，这个范围是指即便对方不能及时偿还，也不会给你造成太大的经济压力，把借出的钱控制在这个数额之下，超出了这个数额不借。想当初，俺姑姑为了让俺叔叔投资做生意，不仅把自己的存款全部借给了俺叔叔，而且还用自己的房子作抵押借了几万元的高利贷，最后叔叔的生意失败，姑姑一家差点儿连落脚的地方都没有。

借近不借远：不是关系非常好的不借。比如同事借钱，你对他的收入状况基本清楚，可以借。而对于那种长期没有往来的朋友，某天突然打个电话或专程上门来借钱的，直接告诉他，你自己还欠了一屁股的债呢！至于网友借钱，你不妨直接消失好了。大学毕业后刚参加工作时，一个不算太熟的同学找我借了500元，之后就销声匿迹了，连后来的同学会都没有看到他参加，我都觉得好笑:至于吗,区区 500 元就断了同窗之情。

借短不借奢:不少"月光族"出手阔绰从不存钱,总是上半月还旧债,下半月又借新债,如果你长期为这种人提供借款,等于是他长期占有你的财产,你还不如把借给他的钱拿去投资呢!如果身边有这种人,宁愿绝交,也不能为了所谓的"朋友",把自己的血汗钱送入"虎口"。

其实,话说了这么多,借钱最大的难处在于感情和关系,甭管是亲情、友情还是同事情,都是这样。而中国人最看重的又是感情和人际关系,所以借钱这个问题让很多人不知如何是好。在我看来,有些感情不能伤,有些"感情"就可以伤,与其因为催债伤了"感情",不如在拒绝的时候伤,否则,钱借出去要不回来,还要背地里被人数落,你说何苦呢?

6."亲兄弟"更要"明算账"

> 能不能把钱和情分开考虑,可以说是界定新旧人物的一个重要标准……旧式人物,不要说亲兄弟明算账了,就是朋友之间账都算不清楚。你要是和我谈钱,就别做我的朋友!新式人物,不要说亲兄弟明算账了,就是夫妻之间账都算得极其清楚。钱是钱,情是情,两码事。

亲兄弟明算账,这句话大家都听过,也都赞同,但其实最难算清的就是"兄弟账"。普通老百姓的家庭财务纠纷,大部分都是兄弟姐妹间的财产不清,这种事情其实是最伤感情的,闹得大家最终形同陌路。所以说,一个家庭因为婚姻或者老人去世而"分家"时,一定要把财产理清,最好通过法律途径确认彼此的比例以及权利、义务,这样才会最大限度地保证每个人的利益。

大家应该还记得我在前面讲老爸老妈的房产故事吧。那还是上世纪80年代的事儿,老爸老妈置了地,盖了楼,按说我也是"地主"之后了,也可以整天带着两个狗腿,拎着一个鸟笼,上街调戏调戏"良家少男"了。没想到,命运却意外地转了个弯,爸妈的房产居然变成了银行的呆坏账,而我们家也彻底沦为"贫民",我差点儿从过去幻想中的"主动者"变成"被动者"。

那么,命运的这个小弯弯是怎么来的呢? 容俺喝口水慢慢道来。

话说当年,目光远大的老妈极力撺掇老爸在他的老家盖楼,那时老爸老妈都在外地工作,自己的资金也不足,所以才和大伯、叔叔一起盖楼,算是老爸、大伯、叔叔三兄弟的股份制合作。叔叔当年也就是 20 岁出头的毛头小伙子,没有多少钱,不过他的"后台"够硬,有我奶奶"撑腰"呢。不要小看我这个不认识字、个头小小的奶奶,改革开放初期,她和俺爷爷就是靠着一辆板车做点儿小生意,居然成了传说中的万元户。

家庭股份合作的最终局面是,奶奶成了最大的股东,她出资 2/3,俺爸妈出资 1/3,大伯出力。大伯为了这栋房子真可谓呕心沥血,房子盖到最后,他累出了肺结核,吐了好几口血。好在这栋房子终于盖起来了,三层楼,底层有三个店面, 还有一个大大的院落。叔叔既没有出钱又没有出力,却坐享 1/3 的股份,俺妈和俺伯母虽然腹诽颇多,但老娘疼幼崽,做儿媳的又能多说什么呢?

房子建好之后,因为奶奶出资最多,是最大的股东,所以房产证上毫无争议写的是奶奶的名字。俺爸因病身故(看看我悲惨的童年)之后,老妈就开始超级忧虑那栋房子的问题了,而事实也证明老妈的担忧是有道理的。

从我这个做孙女的角度来看,奶奶绝对是一个好奶奶,但从儿媳妇的角度看,婆婆就不是一个好婆婆。俺奶奶是一个颇为精明的老太太,她担心老妈改嫁,将房产带入外姓,所以说什么也不肯分家。狭路相逢勇者胜,两个女人"争斗",是撒泼耍赖的胜出。老妈没有同盟军(大伯以我们可以理解的理由保持中立),又不愿撕破脸面,最后还是退让了。不过老妈也留了一手,就是请左邻右舍作一番公证,写下了一张分房契约,证明那栋楼的产权有 1/3 归属到我家唯一的男丁——我弟弟的名下。于是,"皆大欢喜"地结束了这一轮房产争议。

那张分房契约被老妈看得无比金贵,用红布包好放入锦盒,再放置到一个隐秘的地方,还时不时要拿出来看看,梅雨季节要晒晒,还要防止蛇虫鼠蚁,就差初一、十五上香拜拜了。但是,不具有法律效力的那一纸公证,你就是烧香供着它也没用。

时间眨眼间到了 20 世纪 90 年代，叔叔继承了俺奶奶精明的生意头脑和打麻将的"特长"，而且都"发扬光大"。停薪留职的叔叔下海后如鱼得水，一不留神就成了小小款爷，几十万的账面资金在上世纪 90 年代初期还是颇有些"含金量"的，最风光的时候，小婶子打车从远郊县奔向南昌市疯狂买衣服，小叔叔一晚上的赌资就是一两万。说句实话，不是俺嫉妒，就算日进斗金，也挡不住他们这么如流水一般花钱。

大约是在 1995 年左右，政府紧缩银根，中小企业的资金骤然紧张起来，叔叔的饲料厂资金严重不足，于是四处借钱维持运转。同时，叔叔又异想天开，居然想通过赌博获得大笔资金，他又不是赌神，自然越赌越输，于是资金更加紧张。最终，他打起了那栋房子的主意。

俺奶奶一向就疼爱这个小儿子，小叔的行事风格、喜好和想法都有几分像她，于是奶奶也没和俺妈、俺大伯商量，就直接把房产证给叔叔办了抵押贷款。等到俺伯母和妈妈知道时，叔叔已经欠下了几十万元的外债，兄弟姐妹、七大姑八大姨都成了他的债主。而那栋房子，早已经变成银行的抵押物了。这对老妈来说不亚于"晴天霹雳"，于是赶紧拿出分房契约来，想保住自己的那份房产，但人家银行可不认，人家说，房产所有人按了手印同意抵押贷款，至于这个房子其他所有人有什么意见，那是你们家庭内部的事儿，该找谁找谁，跟我们银行无关。

该找谁找谁？还能找谁？难不成还抓到奶奶咬一口？其实，奶奶比谁都后悔，精明一世糊涂一时，但自己的亲生儿子急需用钱，能不火急火燎去给儿子帮忙吗？我想，天下所有的妈妈应该都是这样的吧？奶奶和爷爷年事已高，早就摆不动小摊了，而且这时也早不是摆小摊就能成为万元户的年代了。

老妈心里这个悔啊，要是当年泼辣一点儿、强悍一点儿，直接上法院进行财产公证，哪会到今天这个地步啊？原以为分房契约能让自己的财产有个保障，可面对银行的高额贷款，这张红色的分房契约就是废纸一张。于是，妈妈开始了几年的"祥林嫂"状态,见了亲戚就要说:"我好悔,我本以为分房契约是有用的,没想一到银行就成了废纸。"那时我正在读大学,每到寒暑假回家,耳朵里天天充满了老妈的长吁短叹。那时,我对妈妈的愁苦还没有多么深刻的体会,有时候甚至觉得她有点儿"烦",直到我工作几年后,天天高涨的房价才让我突然体会到了妈妈深刻的忧虑和不甘。本来是自己种下的摇钱树,一心一意等它长大,居然被移植到了别人家,然后看着别人摇钱下来,那种痛苦,就像买彩票中了 500 万的人,发现自己居然错过了兑奖时间,而眼睁睁地看着 500 万打了水漂。

母亲的教训深刻地触动着我,从那以后,我一向主张亲兄弟明算账。关于房产,我宁愿贷款,也不借钱或是合伙,产权不明的楼房我坚决不买。

前一阵子,公公看中了乡下的一栋小楼,想要俺家和宝哥的哥哥家共同出资买下来。一听房子是农村的房,也就是小产权房,没有办法办房产证,我就没什么兴趣了。幸好俺老公的哥哥首先投了否决票,否则我还得要宝哥出面拒绝。我宁愿自己出全资买正规的房子,房产证上写宝哥的名字,然后让公公婆婆去养老。

讲了半天自家的故事,其实就是想说:亲兄弟真的也要明算账啊!我记得有一个叫"谁谁谁"(我经常在《上海壹周》上看这个人的专栏,写得很棒,不过俺到现在也不知道这个"谁谁谁"到底是谁)的专栏作家曾经写过一段话:"能不能把钱和情分开考虑,可以说是界定新旧人物的一个重要标准……旧式人物,不要说亲兄弟明算账了,就是朋友之间账都算不清楚。你要是和我谈钱,就别做我的朋友!新式人物,不要说亲兄弟明算账了,就是夫妻之间账都算得极其清楚。钱是钱,情是情,两码事。"姐妹们,你愿意做旧式人物还是新式人物呢?反正我这个 70 后是打死也要做"新新人类"的!

7. "母老虎"讨债记

> 别看我平时做出温柔贤良、斯斯文文的大家闺秀样,华丽高贵地端着身架子,可是一场讨债风波,就我让露出了尖尖的小獠牙和锋利的小爪子。

欠债还钱,天经地义。可偏偏这么毋庸置疑的道理,也会经常被现实颠覆掉。小主妇们,咱们自己辛辛苦苦赚下的钱,借给别人度过难关后,就应当及时收回。如果真有人昧了良心, 赖账不还,那我们可不是软弱的Hello Kitty,一定要斗智斗勇地夺回来。虽说我们小主妇要贤良淑德,但那只对明理的人,如果碰上一个蛮不讲理、只顾自己的"无赖",我们怎么能忍下这口恶气,做一个委委屈屈的小媳妇? 泼辣也是现代小主妇应该具有的一种特质。

给大家讲一下我自己的经历吧,这可能是我人生中最彪悍、最华丽、最具传奇色彩的一场讨债了。从这次经历中,我才深刻理解了"女人是老虎"这句话的内在含义。别看我平时做出温柔贤良、斯斯文文的大家闺秀样,华丽高贵地端着身架子,可是一场讨债风波,就我让露出了尖尖的小獠牙和锋利的小爪子。我都不知道当年宝哥看到我这么凶悍的样子还能下定决心娶我的理由是什么,难道他真有受虐的倾向?还是就喜欢找个"母老虎"?想了半天都没能想明白，只能暗自庆幸总算嫁掉了。好了，不说废话了，还是给大家说一下这段传奇经历吧。

2000 年，母亲意外离世，我和弟弟沉浸在悲痛之中，虽然我们都已经成年，但仍有孤儿的凄凉之感。我的工作还算体面，收入也比较稳定，可弟弟那时却还没有工作，没有任何经济来源。在两个舅舅帮我们料理母亲后事的过程中，发现老妈留下了一万元的定期存款单，自然就给了没有经济来源的弟弟。

料理完其他事情，我和弟弟都回到了南昌，弟弟把这张存款单保管了起来，准备到期再取出来。两个月后，小舅舅带着一个朋友找上门来，开口便是借钱——不是现金，而是这张存款单。小舅说可以用它证明他有"资产"，跟银行贷一笔款，然后就能和他的朋友承包一个工程了。这里要专门表一表小舅舅：长得一表人才，可惜个头不高；口才了得，可惜往往说到做不到；工作单位不错，可惜经常不上班；理想高远，渴望财富人生，可惜说多做少。

其实，长久以来的事实告诉我，如果相信小舅舅借钱会还，不如让我相信中国男足能够夺取世界杯冠军。但我考虑到这仅仅是一张没有密码的存款单，没有身份证、户口本等取款凭据，按照银行的正规操作程序，应该是不能取出钱来的。再加上我们当时刚刚失去了母亲，所以对母亲那一头儿的亲戚特别尊敬和信赖。于是，我让弟弟把存款单借给了小舅。

话说把存款单给小舅后，小舅对俺姐弟俩赞不绝口，夸我们仁义，还说只要一两个星期便能还给我们了。俺们两个小辈，就像幼儿园的小朋友，有了老师轻描淡写的几句表扬，就兴奋得找不着北，连声对舅舅说，不用着急，一个月后就是国庆节，我们去看外婆时顺便拿回来，不用舅舅特地跑一趟了。

有什么事做过就会后悔？除了花钱之外，就是借钱了。定期存款单一借走，我马上开始后悔，但是仍不断安慰自己，好歹是自己的亲娘舅，也没有把"真金白银"借给他，那张存单即使拿不回来，也可以以挂失的方式提现。

好多因为借钱吃亏的人大概都有这样的体会，借钱的时候是借钱人毕恭毕敬、笑脸相陪，要债的时候，是要债者小心翼翼、陪着笑脸。话说国庆节我和弟弟去看外婆时，小舅就和我们玩起了太极，要么摆个"空城计"，要么今天推明天、明天推后天。这时候，我已经感觉他可能不会主动还存款单了，但还是抱有一丝幻想，希望他能良心发现，毕竟一万元对没有工作的弟弟来说是一笔"巨款"啊。

后来，再给小舅家打电话，他就都不接了，甚至舅妈也不接电话，派出他们的"新闻发言人"——8岁的儿子回答我们的电话，只用一句"我爸我妈都不在家"就把我和弟弟打发了。每打一次电话，就像在我心窝里浇一次油，心中的怒火一次比一次燃烧得猛烈，但我一直在强忍。有一次，我们以单位要买福利房为由求他还给我们那张存单，小舅说了一句："你们没钱就不要买房了！"差点儿让我背过气去，谁不知道这福利房是"过了这村没这店"？一个月后，弟弟登门去要债，但我完全不抱希望，事实果然如我预料的一样，小舅是"神龙见首不见尾"，舅妈则深得小舅太极推手的精髓，一连给出了100多个理由和100多个保证。

后来，我专程去小舅贷款的那家农村信用社了解，咨询定期存单没有身份证、没有密码如何能取出现金，工作人员告诉我，这张存单是贷款抵押物，贷款到期不还，存款单自然就押在银行了。我又问，难道我拿一张捡来、偷来的定期存款单，没有密码，没有身份证，没有所有人授权，就可以贷款？你银行是如何保护储户利益的？

信用社的工作人员看我也不是"善主"，让我找贷款部主任进行申诉。到了贷款部主任办公室之后，俺一屁股坐到她办公桌对面，咄咄逼人的气势从俺的身体中迸发出来，当当当当一通质问。美女主任一时之间措手不及，本来慵懒、不屑的神情变得有些慌张，她解释道："这张存折本应凭借密码或户主本人的身份证才能作抵押，没有这些手续确实不符合规范，但是如果有银行内部人员担保，还是可以贷款的，所以他们就将这张存单按照正常手续办了。"她毫无章法、毫无道理的解释，还有她慌张的口气、神态，立刻让我对追回这笔钱有了信心,于是我拿出"痛打落水狗"的架势说:"现在就是出了问题,我要追回我的定期存款单上的钱。"听我这么一说,她慌了神儿,赶紧告诉我这张存单的银行内部担保人是谁。我说:"我完全不认识这个人,既然出了问题,责任在你们,那么你必须给我解决,给你们一个星期的时间,否则我跟你们没完。"说完之后,我记下美女主任的姓名和电话号码,拍拍屁股扬长而去。

这招果然有用,还不到一个星期,小舅就主动找到我弟弟还了 6000 元。听弟弟说,小舅还是和上次借钱时的那个朋友一起来的,小舅脸色铁青,还钱时一句话也没有说,还钱之后转身就走。看来,这门亲戚算是没得做了,不过好在拿回了一部分钱。

还剩 4000 元没还,"宜将剩勇追穷寇,不可沽名学霸王",毛主席的教诲俺时刻记在心头,于是又打电话给贷款部主任。她这次胆气有些壮了,让我直接找那个担保人,就把电话给挂了。我又把电话打到担保人那里,简单地说明了一下情况,告诫她还有 4000 元没还,我们保留追要的权利。电话那端的人有些惊惶,答应尽快弄清楚情况,然后给我回电话。

一晃就一个星期过去了,担保人杳无音信,我又催,她故作惊讶地说:"你舅还没还吗? 我已经和他说了,你自己联系联系嘛。"我说:"是你做担保才导致我的财产损失,你们怎么联系是你们的事儿,我只要求你补偿我的损失。"

如此反复几次,还是没有进展,看来我又得亲自去一趟了。这一回,我温文尔雅、儒雅大方、彬彬有礼了,因为我带上了宝哥和俺弟弟两位"保镖"。终于见到了这位传说中的"担保人",又矮又胖,戴着一副眼镜,样子有几分木讷,也不像有歪心眼的人,就叫她"胖眼镜"吧。时至今日,我只对她的胖和眼镜有印象了。

"胖眼镜"看我们"彪悍三人行",胆就怯了几分,马上打电话搬来了"救兵"——她的姨夫。一见面我才知道,这位姨夫就是小舅来俺家借钱时一同来的那位朋友。顿时,俺脑海里如风车般转过,马上明白了事情到底是怎么回事。俺小舅欠了"胖眼镜"的姨夫钱,因为"胖眼镜"正好是俺老妈存钱的信用社的职员,于是,小舅与此人合计,将我们的定期存单骗出,以"胖眼镜"的名义担保,把钱通过贷款的形式套出,然后小舅就用带出的钱还债了。而这张存单做了抵押物,自然不会归还了。对于我和弟弟,小舅就想用拖延的方式赖下去,觉得我们迟早会放弃。但小舅体会不到,作为"孤儿",被信任的亲戚骗了,心中的愤怒和失望会超乎常人的。或者说,他对自己的赖账手段太过于自信了。

因为这家信用社在管理上存在问题,让我抓到了把柄,如果事情闹开了,"胖眼镜"很有可能会丢掉工作,"金饭碗"和"一万元钱"孰轻孰重,傻子都能算明白。"胖眼镜"的姨夫很清楚后果,于是他要小舅尽快把钱还掉。没想到小舅只还了一部分,眼看我们找上门来,"胖眼镜"的姨夫也着急得如猴子上树,当着我们的面打电话给小舅,要求他过来还钱。

我心想,小舅可能过来吗,还的那6000元钱还不知道是骗了谁的钱呢。于是,我告诉他:"你和我小舅之间的事情我不管,现在你的外甥女是担保人,我只管找你外甥女要钱。"

果然,等了半天,小舅的影子也没看见,我给他们下了最后通牒:"下午5点之前再不还钱,就和你们主任反映,主任不管我就找社长反映,社长不管我上法院告去,我就不相信这事儿没人管了。""胖眼镜"和她的姨夫急得像热锅上的蚂蚁,眼看就要到了最后通牒的时间,他们还像便秘一样嗯嗯啊啊没有动静。老弟催促了几句,见他们还是没有什么行动,马上冲向主任的办公室,"胖眼镜"和她姨夫二人赶紧把老弟拉了回来。

看样子,他们还是害怕我们这一手,于是我们又步步紧逼,"胖眼镜"的姨夫终于耐不住了,从自己的账户里取了4000元给我们。至于他跟小舅之间怎么解决,那就不是我要考虑的问题了。

4000元钱安全落袋,追债风波也算"完美"落幕了。

8. 这样储蓄更划算

> 　　大家每天上班，不管是坐车还是在单位吃工作餐，或是临时干点儿什么，总是会花钱的，每次花完钱后经常会有一些"零钱"，小到硬币、毛票，大到 10 元面值的小钱(假如在你眼里 10 元是小钱的话)，给自己设一个储蓄罐，把每天花剩的这些"零钱"放进去，几个月后就可以把这笔钱转为"大额存款"了。

　　"处处留心皆学问"这话说得真是有道理。就拿储蓄来说吧，自从看了一本理财书之后，我才知道这看似再简单不过的存钱，内中也是大有乾坤。

　　印象最深的就是其中的"12 存单法"。在这之前，我的储蓄习惯是将每月的节余先存成活期，积攒到较大数额之后再存定期。记得最早的一笔定期存款是在我攒了一年的钱之后才统一定存的。后来看到书上介绍的这个"12 存单法"之后，才发现自己的那种方式真是亏大了。而"12 存单法"在存满一年之后，就可以既让你每个月都有足够多的活钱可用，又保证了利息最大化。

　　具体的操作方法就是：将每个月的节余存一年定期，这样一年下来，就会有 12 笔一年期的定期存款。从第二年起，你每个月都会有一张存单到期，既可应付急用，又不会损失存款利息。如果不急用的话就可以续存，同时将第二年每月要存的钱一起加到当月到期的存单中，继续滚动存款。举例算一下，如果每月节余 1000 元，一年攒下 12000 元，活期收益仅是 86.4 元，按"12 存单法"操作，一年期利率 3.6%，可得利息 432 元。"12 存单法"最适合作每月工资节余的储蓄。

还有一种"接替存款法"，则比较适用于年终奖的储蓄。以 5 万元年终奖为例，可将其均分为 5 份，各按一年期、二年期、三年期、四年期、五年期定存。一年后，把到期的一年期存单改为五年定期，第二年过后，则把到期的两年期存单续改为五年定期，以此类推，5 年后这 5 张存单都变为五年期的定期存单，每年都会有一张存单到期。这种方式既方便实用，又可以享受五年定期的高利息。

大笔资金在手，还可将"存本取息"与"零存整取"两种储蓄方式结合，可实现利滚利。仍以 5 万元年终奖为例，将其用"存本取息"方法存入，一个月后取出利息，存入另一个零存整取的账户，以后每月如此操作，可获得二次利息，不过这种方式需要每月跑一次银行。

此外，还可充分利用银行通知存款、约定转存、部分提前支取等功能，避免利息损失。

说到存钱，我又想起老妈，上世纪 90 年代的时候，那时我还在读高中，一到过年，就是老妈最繁忙的时候，经常是把建设银行的钱取出来，拿到工商银行去存，又把原来存在工商银行的钱取出来换到建设银行去存。我一开始以为老妈是无事穷忙，数钱过瘾，后来老妈告诉我，银行在年底有"揽储"的任务，为了鼓励大家到自己的银行储蓄，银行就拿出你所存数额的 0.5%返给储户，反正开户又不用花钱，这样几千元钱倒腾着换存，能赚好几百元呢，买年货的费用就有了。不过，这项政策后来终止了，看看我老妈把钱在银行间倒来倒去就知道这项政策的弊端了，银行的存款总金额没有增加，增加的只是流进流出的业务量。

对更多的女性来说，难度大的不是存钱的方式，而是如何能留下钱存起来，工资发了以后，买衣服、买包包、做头发、去旅游，还没等到下个月，工资基本光光。如果手上有信用卡的话，没有现金流进流出，感觉不到花钱如流水的速度，只有每个月信用卡的报账单才会让人感到肉痛。

这样只有采取强制的办法了。比如，每个月固定从工资中拿出 20%存为一年的定期，让你暂时对这笔钱没有了盼头。当年我刚参加工作的时候，花钱也是流水一般，后来在宝哥的带动下，让单位财务固定扣下 400 元存到银行，到年底再一起发给我。这样，虽然每月扣掉了 30%的收入，对生活质量却没有什么太大的影响，倒是大大降低了一些不必要的花费。年底能拿到 4800 元的存款外加利息，给我不小的惊喜。

还有一种节省小钱的办法。大家每天上班，不管是坐车还是在单位吃工作餐，或是临时干点儿什么，总是会花钱的，每次花完钱后经常会有一些"零钱"，小到硬币、毛票，大到 10 元面值的小钱(假如在你眼里 10 元是小钱的话)，给自己设一个储蓄罐，把每天花剩的这些"零钱"放进去，几个月后就可以把这笔钱转为"大额存款"了。

大家可别小看了这类小钱。据说，有个企业家的企业破产之后，他就是靠着储蓄罐里的钱挨过了一段艰苦的岁月，后来，他把这个储蓄罐和招财猫放在一起，每天都会拜一拜。

9. 金融危机蔓延到我家

> 　　危机中,没有哪个家庭能独善其身,虽然我自己的家庭财富在这次危机中缩水不少,但是这一次的波折其实也孕育着下一次的希望,同时也让我们重新拾起节约、勤俭的好习惯。我和宝哥正抖擞精神,蓄势待发,只等机会到来时东山再起,卷土重来。

　　为什么美国发烧,中国"打针吃药"?美国的次贷风波才刚刚"崭露头角",中国的股市就开始应声暴跌。待到金融危机的飓风已经形成的时候,中国的股市已然跌到"十八层地狱",还尚不知底在何处。

　　2007年10月份之前,国外的、国内的、家里的、家外的,没有一个人不看好中国的股市,所以我们也就放心大胆地把所有的闲置资金全部放在了股市里。可如今,股市飞流直下2000点,还在跌!我们家的资产也随之像过了水的羊毛衫,一而再,再而三地缩水、再缩水……掐指算了一下,单是在股市里缩水缩掉的钱,就相当于俺今年一年的工资彻底白拿!

　　真是虱子多了不咬,债多了不愁,事已至此愁又有何用? 况且,在周边一打听,我们家居然还不是最差的!很多朋友不仅在股市血本无归,工作收入也大幅度减少。往日出门打车的,现在改成挤公交,我说最近乘公交车经常挤不上去呢。好不容易上饭馆儿吃顿饭,发现服务员比顾客还多,有个开饭店的朋友开玩笑说，他现在生意少了，只能闲坐柜台前数蚊子。

最明显的就是各大商业卖场，虽然促销的手段花样频出，但是细看之下，聚拢在周围的顾客，都是看的比买的多。和过去一搞活动就人山人海的情况相比，真是天壤之别。

更为悲观的是，即便是现在这个样子，据说最坏的还没有到来。因为南昌是个内陆城市，出口贸易企业相对不是很多，也就是说，大洋彼岸那条遥远的大街上所发生的金融危机飓风离我们还很远，要到 2009 年、2010 年才能对南昌产生真正的影响和伤害。

幸好宝哥和俺的工作都十分稳定，没有失业的担忧，月收入尚未减少，仅仅是年底的奖金可能要比往年少 30%。但是，为了安全"过冬"，宝哥和我未雨绸缪，提前制订了家庭经费削减计划，清单如下。

1. 首先砍掉的便是我的 QQ 车的添置计划。股市大亏本，QQ 小车变成黄粱一梦。如果实在赶不上公交车，我会考虑跑步上班，也就 40 分钟，既能节约资金又能锻炼身体。

2. 家用电脑配置升级计划无限期搁置。那台超期服役的粗笨显示器，将继续奋斗在它的岗位上，暂时不用担心下岗问题。

3. 旅行计划也被无限期延后，至少到 2009 年 5 月之前都没有出省旅游的计划。

4. 出门不能挥手招的士，除非带小希这个小家伙出门。

5. 吃饭不上馆子。宁可回家煮面吃，而且不能是方便面。

6. 穿衣走"山寨"路线，要么买严重打折的，要么自己买布料找裁缝做。

对此，宝哥首先以身作则，身体力行。剃须刀坏了以后，舍不得买新的，居然用起了以前住酒店时拿回来的一次性剃须刀……我巨汗，赶紧给他换了一个飞利浦的电动剃须刀。

尽管如此，我依然乐观。这一轮的重新洗牌，对我们来说既是挑战也是机会。危机中，没有哪个家庭能独善其身，虽然我自己的家庭财富在这次危机中缩水不少,但是这一次的波折其实也孕育着下一次的希望,同时也让我们重新拾起节约、勤俭的好习惯。我和宝哥正抖擞精神,蓄势待发,只等机会到来时东山再起,卷土重来。

前些天,国家统计局公布2008年11月我国居民消费价格总水平(CPI)同比上涨2.4％,涨幅比10月份回落1.6个百分点。这是2008年以来我国CPI同比涨幅连续第七个月回落。经济危机的形势越来越严峻了,但是事物总是具有两面性的——物价下降了,房价跌了,猪肉价格跌了,油价跌了,我们家还没下降的工资变得"值钱"起来,我终于不太抱怨收入太少了。

经济危机也能带来一些利好的消息。据说在这一次经济危机的影响下,离婚率下降不少呢。金融危机来了,荷包瘪了,花天酒地少了,多出的时间用来陪家人,夫妻感情慢慢地升温了,自然离婚率就要下降了。

优雅小主妇私密互动

蚊子打滑:椰风姐姐,俺现在还不是小主妇,打算明年五一结婚。在经济危机的时候结婚是不是不太明智啊?

淡若椰风:结婚这个问题,和经济危机没有关系。一个是社会学范畴,一个是经济学范畴,完全不搭界。

10. 跟《周易》学理财

> 小女子不才,在解读《周易·乾卦》的过程中,结合自己这几年的理财经验,有了一些心得,不敢说是经验之谈,但至少也是本人的"心血之作",现在奉献给大家,希望我的拙见能够给读这本书的姐妹们一点儿启发。

对《周易》的了解来自于金庸老先生《射雕英雄传》里的降龙十八掌,什么"见龙在田"、"亢龙有悔"之类的。年纪稍长之后,看了《周易》,才算对这些词的具体含义有了一点儿粗浅的了解。

《周易·乾卦》通过对龙所处不同状态的生动描写,将事物发展划分为由低到高的六个不同阶段,分别是:

一、潜龙勿用。在潜伏时期还不能发挥作用,须坚定信念,隐忍待机,不可轻举妄动。

二、见龙在田,利见大人。在崭露头角时期,实力还很有限,应积蓄力量,探索投资机会,方能站稳脚跟。

三、君子终日乾乾,夕惕若,厉无咎。在资产壮大时期,应奋发图强,励精图治,与时偕行,自强不息,同时还须加倍小心谨慎。

四、或跃在渊,无咎。在财富已壮大时期,应巩固基础,把握最有利的时机,争取成功。

五、飞龙在天,利见大人。在极盛时期,应当一本初衷,选贤与能,造福民众,使之各安其位、各得其所,这也是事物发展的最佳状态与境界。

六、亢龙有悔。指因亢奋过度导致盛极而衰,强调物极必反与过犹不及,主张居安思危,留有余地,凡事不走极端。

小女子我虽然不是什么专职的经济观察员,但是因为热衷于打理自家的钱袋子,所以对国内外的经济大势也稍带有所了解。因为我知道,大气候决定小环境,国家或者世界的经济形势不好,自家的小算盘也甭想玩得转。以我的眼光来看,上面我列出来的《周易·乾卦》里的几段文字正好给咱们国家近十年的经济发展卜了一卦,而且算得还挺准。举个例子说吧,1997 年亚洲金融风暴让中国政府不得不实行严厉的金融管制和经济紧缩政策,再加上 1998年的特大洪水,中国经济迅速由过热转入过冷。印象最深的就是一则新闻报道说,在那几年当中,中国居民储蓄创下历史新高,所以这一时期,无论是国家大的财政政策还是居民自家的理财方法,都暗合了隐忍待机的"潜龙勿用"阶段。

经过了一两年的调整之后,政府通过内外并举、扩大出口、开放房地产市场、激活内需等方式刺激了经济发展,形势开始渐渐转好。这又像是"见龙在田"的复苏阶段。

此后几年,中国经济发展迅速,房地产业、股市一派红火,甚至可以用火爆来形容,直到 2007 年 10 月之前,中国经济已经达到的盛极一时的"飞龙在天"阶段。2007 年 10 月之后,经济发展的晴雨表之一——股市急转直下,从10 月份的历史最高点一路狂泻,仅用了不到一年的时间,就从 6000 多点跌到了 2000 点以下,可谓是"亢龙有悔"。

如今,金融危机席卷全球,美国这个"带头大哥"已然深陷泥潭,世界经济就如《周易·乾卦》中的"见群龙无首,吉",这反而是个吉兆。仔细想来也是,群龙无首也正是英雄辈出的时候,正如今日世界的经济形势,虽然是无边落木萧萧下，却也正是各国的财富格局重新排序的一个最好时机。如果我们能够把握这种时机，中国的经济将会迎来一个崭新的局面。

普通小百姓的投资、理财，离不开整个国家乃至经济发展的大势。如果整个国家的经济衰退、动荡，无论个人的理财能力有多么强大，还是不能挽回资产缩水的命运。而无论是国家的经济调控，还是个人理财策略的调整，都是有一定的规律可循的，正如《周易·乾卦》中所描述的龙的六种状态一样。

小女子不才，在解读《周易·乾卦》的过程中，结合自己这几年的理财经验，有了一些心得，不敢说是经验之谈，但至少也是本人的"心血之作"，现在奉献给大家，希望我的拙见能够给读这本书的姐妹们一点儿启发。

1. 世间万物的生灭枯荣都是有规律的，一如"飞龙在天"之后，多半会有"亢龙有悔"的局面一样。个人理财也是如此，顺应规律办事，就会收到事半功倍的效果。

2. 找到机会要趁势而上，也就是"与时偕行，自强不息"。俗话说的好，机不可失，时不再来，纵观历史上那些成大事的人，无一不是捕捉机会的能手。

3. 理财要有前瞻性。《周易·乾卦》这段文字所提及的龙的每一个状态，都是前一种状态的延续，又是对下一个状态的铺垫。无论是理财还是做其他事情，如果我们能对事态的每一步发展了然于心，就可以未雨绸缪，提前作准备。

4. 不要走极端，要居安思危。老祖宗早就告诫我们："物盛极必变，阳盛而为阴，否极而泰来……"所以，做事的时候，吃再大的苦也有到头的时候，不要自暴自弃；有了再大的成就也不可盲目自大，须知过犹不及。

记住了《周易·乾卦》所描绘的轮回，我们就可以提前掌握先机，把握机会使财富发展壮大，同时又能很好地掌控平衡，凡事留后路，有余地。

11. 3万搞定小户型——我的装修省钱大计

> 一室一厅一厨一卫,使用面积40平方米,包括硬装、软装,包括家具、家电,偶居然只花了3万元。那么,这钱到底是从哪儿省出来的呢? 其实,秘密就在网上。这个事情,可让我得意了好一阵子,有兴趣的姐妹们,就听我唠叨唠叨吧。

有人说,装修能使人成熟。有过装修经历的人就会知道,这话一点儿不夸张。装修一个房子的过程,就是个人成熟的过程,如何设计自己的生活,如何体现自己的品位和个性,如何买装修材料,如何跟装修公司打交道……这里面的学问可是大了去了! 当然,最重要的问题是如何省钱。装修是个无底洞,一套房子装修下来,同样的档次,有的人可能花8万就搞定了,有的人可能花了18万才搞定,看,这就是学问。

想当初买了一套小户型的房子作为投资,因为没有打算自己住,所以就是按照普通的大众路线进行装修的。一室一厅一厨一卫,使用面积40平方米,包括硬装、软装,包括家具、家电,偶居然只花了3万元。虽然花的钱不多,但质量还是过得去的,别的不说,就看家电,海尔的洗衣机,海信的电冰箱,长虹的彩电,格力空调两台,还有比利奇热水器……

那么,这钱到底是从哪儿省出来的呢? 其实,秘密就在网上。这个事情,可让我得意了好一阵子，有兴趣的姐妹们，就听我唠叨唠叨吧。

　　自从 2004 年 5 月付款买了这套房，我就开始对装修充满了神往，那阵子上网的主要内容就是浏览装修网站，看着美轮美奂的装潢，口水遍地流。2005年 10 月，房子交付了，装修就自然从纸上谈兵的准备阶段进入了动刀动枪的实战阶段。

　　在大量"勘测"阶段，我锁定了南昌本地的一个家装网站，名字也很有特点，叫"家秀网"（www.ihomeshow.com），非常对我这种 DIY 装修人员的胃口，里面有大量关于家装的帖子，有各式各样家装产品的使用心得，对我这只装修的菜鸟很有价值。于是，我成了家秀网的网虫，每天都要上去看几十次，天天和宝哥抢电脑，做梦时都说出了"家秀"这两个字，搞得宝哥紧张了好一阵儿，动用利诱、私刑等各种手段之后，总算明白"家秀"不是一个帅哥，而是一个装修网站。不过，宝哥又怕我走火入魔，严格限定我的上网时间。我只好利用上班时间偷偷上网干点儿"私活"。那阵子，我给家秀网贡献的点击率怎么着也要占到总点击率的万分之一了，可惜家秀网连个荣誉奖章也没发给我。

　　2006 年 1 月，装修终于正式动工了。就那 40 平方米，还需要动用专业设计师吗，俺自己就是最好的设计师。所有的一切都由我自己设计，然后请了一个师傅，按 4500 元的工钱把泥工、木工、漆工、水电工全部包给了他。本着"用人不疑，疑人不用"的原则，施工方面我很少过问，有时少了什么材料，他就直接帮我买了，然后凭单报销。当然，这个"包工头"也对得起我这份信任，我们相处得非常愉快，而我也省心不少。顺便说一句，其实劳苦大众最质朴，装修时，不要把小钱捏得太死，你大方一点儿，师傅们也"给一报十"，这样装修，省心快乐。

　　工人问题解决了，我开始泡在家秀网上找适合我的装修材料，当然是既便宜省钱又精致耐用的材料了，虽然不是自住，但还是要把钱花值啊！有了家秀网这样一个平台，装修真的能少走不少弯路。家秀网上的网友经常会讲述自己的装修经验,推荐好的装修公司。最鸡血的是,有时会蹦出某个大侠揭露奸商,对装修材料的优劣、价格高低等进行争辩,闹得热闹的,到最后一般会形成两派对峙的局面。我这样的装修门外汉,透过热闹,也能看出不少行业内幕。真理越辩越明,真相越辩越清,我这个小主妇的心里也越来越有底。

最值得一提的是,无论是建材、五金,还是涂料、家电,只要装修用得着的,家秀网都会组织网友们团购,很多网友也会自发组织团购。这样的团购,不仅价格优惠,而且质量也能得到保障。真的有很多网友做足了装修功课,对各种知识熟稔于胸,成本、人工、利润能够分析得一毫不差,仿佛就是自家后院生产出来的产品似的,高手过招,谈笑间灰飞烟灭。每次团购,经常自发站出来一个带头大哥,这带头大哥一出场,往往是语出惊人,一剑直指咽喉,经常报出一个我们想都不敢想的低价格,按照原料、人工、进货渠道一道一道的利润关口抽丝剥茧,让商家节节败退,加上其他同学们乘乱起哄,一般商家已经招架不住,更无还手之力了。有些号称绝不降价的强悍商家,经常是刚冒个头,就被大家用飞镖、剪刀脚、无影腿、螳螂拳、形意拳、迷踪拳打回老巢,只好派个助理出来让大家继续扁。有专业人士带队,又人多势众,商家自然不敢以次充好,更不敢销售假冒产品了。哈哈,谁说装修一个房子,就得当无数次冤大头? 套用一句广告词:没有最低,只有更低;没有最贱,只有更贱。

通过自己的经历,我觉得,对于没有多少装修经验的普通人来说,在装修前最好多到网上转转、看看。先看看大的装修网站,了解基本知识,然后选一家本地的装修网站深入学习,因为地方网站的针对性比较强,你也能找到一些"志同道合"的朋友。如果本地的网站能组织一些团购活动,那就更好了。在建材购买方面,我完全是个外行,但跟着聪明人、内行人一起去,真的占了不少便宜。

12. 淘宝网上淘宝记

> 　　网络可以让购物变得轻松简单，但这种便利是需要建立在信任、了解的基础之上的。提高警惕，擦亮眼睛，掌握一些诀窍，避开购物陷阱，这样的网上购物才是省钱之道。

　　现代科技对人们生活的影响之大，大家都有所体会，但到底有多大影响，我们身处其中的人是体会不到的。也许只有把你扔到月亮上待十年，再接回来，你才会发现人类生活的变化到底有多大。"网络购物"这个词，我最初是在大学时代的一篇英语课文上读到的，那时候虽然接触了电脑，但怎么也想象不出来网络到底怎么购物，80后、90后的小妹妹们可别笑话俺。现如今，我在家动动手指，点点鼠标，足不出户就能买尽天下了。这是当年做梦都想不出来的事儿。

　　喜欢购物是女人的天性，上街逛还不够，现在还要上网逛。身边越来越多的姐妹开始在网上购物。模特婀娜多姿的服装展示照片，精致闪亮的珠宝首饰，功能繁多的电子产品……在现实生活中，根本不可能把这么全的商品种类汇集到一起，但网络就可以；同时，网络还具有方便快捷、退货简单等特点，这些都是现实购物所不能比拟的。但说到底，网上购物最吸引大家的就是价格便宜。

　　我单位同部门就有好几位姐妹是网络购物的狂热分子,几乎每天都有包裹通过淘宝、易趣、当当、卓越等网上平台寄过来,购买的东西无所不有,从衣服、鞋袜、包包到书籍、十字绣,甚至洗脸盆、灯具、洁具、墙纸都从网上购买。

　　我是容易被表象迷惑的人,一看到网上美轮美奂的衣服图片,心里就狂长草,又极易被低廉的价格打动,真是"便宜买穷人",一买就买好几件。虽然的确淘到不少货真价实的东西,但货不对版的状况也时有发生。有的时候,淘来的衣服当抹布都嫌它不吸水。初上淘宝网时,教训多于实惠,以至于我一度对网上购物失去信心。教训最深的就是所谓的韩版服饰,模特穿得那个靓丽,细节上那个活泼和高雅,总是诱惑我掏钱,但买过三次之后,不甘心的我终于还是收手了,因为到手的衣服总是和图片上的"形似神不似"。我承认俺的气质还达不到模特那么高的水准,但也不能就这么欺负俺啊。有时候,退货不顺利,最后只好把衣服送人了。

　　吃了几次亏之后,我在网上"淘宝"时就理性多了,轻易不对漂亮的图片动心,坚持货比三家,看信誉等级,看客户评价,反正能作参考的都要看。如此这般之后,网上购物的优势才逐渐显现了出来。

　　我的一个朋友猴猴在淘衣服上很是有一套,打底衫、T恤之类,不会太计较品牌,挑面料、颜色款式,总能挑到价格低廉的好衣衫;但是买其他衣服就很慎重,一般选择品牌,在实体店试好衣服,记下品牌、型号,然后直接上网寻找,价格往往比实体店便宜许多,如果多几个人购买,邮费摊得更薄。

　　我另外一个朋友小文也是网上淘宝的高手,她在淘宝网上"淘装修"赢得了姐妹们的交口称赞。南昌这个内陆城市,收入不高,但是消费却不低,家装产品的各类品牌和种类都要比江西其他地方贵一些,而且折扣也不多。考察比较了很久,小文决定放弃在本地市场选购家装产品,上网寻找自己心仪的品牌,不过她也不是盲目下单,在本地看好了品牌样式,然后上网搜索相同型号,多番比较才下单。你还别说,通过网上定购,就是连运费加起来,价格还要便宜1/3以上。她唯一遗憾的就是,不是所有的产品都能从网络订购,否则她的装修能够省下四五万。

　　我现在比较喜欢在淘宝网上买电子产品，前前后后买了3个手机，都是山寨机，用起来感觉不错；不仅便宜，而且功能还挺全。如果找到信誉比较好的卖家，综合对比一些情况，网上买手机还是不错的选择。

　　另外，网上购书也是我最近的爱好之一。上当当网、卓越网，把书名一敲，查找一下，马上就能找到你需要的书；如果不记得书名，还可以分类查找；而且新书都能打折，超过几十元钱就能免邮费，送书上门，书到付款。在网上买书比上书店买书方便太多了，价格还便宜，唯一的缺点就是不能翻看书的内容。不过俺这个聪明的小主妇还是找到了解决这个问题的办法，那就是到各大门户网站的读书频道去看，好多书都在上面连载、选载。你可以先在上面看一看，然后再决定是否购买实体书。总之，尝试过网上买书之后你就会发觉好处多多，那种感觉就像孙俪在洗衣粉广告里说得那样——用一次就知道是我想要的。

　　虽然知道那是你想要的，但你想要的看似近在眼前，其实却远在天边。网络可以让购物变得轻松简单，但这种便利是需要建立在信任、了解的基础之上的。提高警惕，擦亮眼睛，掌握一些诀窍，避开购物陷阱，这样的网上购物才是省钱之道。下面就给各位姐妹们介绍一下我这几年总结出来的一些常见网络购物陷阱。

　　（1）钻石陷阱。我刚开始在淘宝网上购物时，对钻石信誉简直到了迷信的程度，总认为卖家信用好，东西肯定就好。现在时间久了，发现并非如此。有一些多钻石或皇冠的店主，似乎觉得自己很牛，你去问他问题，他总是过很久才回答；同样的东西，不仅卖得比别人贵，还摆出一副决不还价的高傲姿态。假如你收到的货品出现问题，他可没有时间搭理你哦，你要怎么随你，反正他生意好，不用担心。

　　（2）好评陷阱。有的人开店前几个月生意冷清，忽然在一个月内信用增加了几百个，这时你可要小心啊，说不定和牙一样，是"刷"出来的。生意正常的话,一个月几十到一百多单是可以理解的,生意和人气都是循序渐进的,但基本不存在爆发性增长的可能。真正看信用,要看中评、差评,有的人爱吹毛求疵,所以再好的卖家也会有差评。这时候你就要看卖家的解释,假如卖家无论对方说什么都破口大骂,说一些欺侮性语言,那我建议你还是不要买这个人的东西,这样素质低的人,你觉得他会老老实实卖东西吗?假如卖家口气温和耐心地解释事情的原因,这样的卖家应该不会错。我想,卖东西和做人一样,人品也是很重要的。

(3)图片陷阱。买衣服、饰品类的商品,很有可能会掉进图片陷阱,图片美轮美奂,但实物与图片的差距总是很大。要记住一条,一定看实物图片,不要看模特图片,更不要相信夸张的描述。对图片超级好看而价格非常低廉的,尤其要注意。卖家所谓的"超级好看啦"、"做工一流啊"、"韩版啊"……这样的话其实没有任何实际的意义,你需要的是衣服的材质、面料的成分(尤其重要)、尺寸、牌子、货品来源,最好要问出实实在在的数据,如果卖家答不上来或不愿意回答,那你最好还是三思而后买。

(4)嘴甜陷阱。网络很容易拉近彼此的关系,左一声"亲爱的",右一声"宝贝儿",说话嗲得让人发晕,现实生活中对这样的人估计你不会有什么好感,但是在网上却很容易让你产生一种亲切感。与这些甜言蜜语哄骗你的卖家相比,那些回答问题简洁干脆,看起来不够热情却有话直说的卖家,往往更负责任。以我淘宝的经历来看,一般美容类产品的卖家嘴甜,而电子类产品的卖家比较爽直。

(5)便宜陷阱。有的人超爱讲价,一定要讲下个5元、10元才舒心,殊不知,有的人定的是实价,有的人定的是虚价;有的商品,你砍下不少价格了,实际上还是贵,有的商品价格实在,拒绝还价,但你多比较一下才发现,他的价格其实很公道。同一样东西,网上有好多人都在卖,搜索一下,比比价格,就知道虚实了。当然,也有的人卖的东西是独一无二的,那你要根据产品的信息和卖家的态度来总结。

(6)运费陷阱。很多卖家实物标的价格比较公道,但会在运费上跟你玩猫腻。有些卖家和快递公司有长期的业务合作关系,其实快递费并不高,但他们却标得很高,经常快递费用就要四五十块,多出来的快递费也变成了他们的利润。当然,物品比较贵重时,这点损失大家还是可以接受的,如果是小物品,亏损的百分比就很高了。这时候,如果你非要买的话,可以在身边找一些姐妹、朋友共同来买,这样平摊运费,就可以节省一些银子了。

最最重要的一点要提醒大家,支付方式一定要选择货到付款。一般来说,淘宝这样正规的网站都有支付平台,通过支付平台这个第三方来保管资金会相对安全。但还是有在网络上购物被骗的事例发生,骗人的伎俩一般是用低价吸引你的目光,然后以资金需要快速回笼为借口,要求你直接付款到某个银行帐号,一旦你打了款,他就"人间蒸发"了。这种低价促销手段一定不能相信,就算在相对安全的网络平台购买东西时,也要等验货无误之后才能付款给对方。

13. 不要把财富理想寄托于他人

> 天底下又能有几个人有李嘉欣那闭月羞花的容貌，或者像武则天那样有"一切操之在我"的心计和手段呢？没有？那就安安心心、踏踏实实地生活吧。不要把发财大计寄托在别人身上，要相信自己也能成功，这比嫁入豪门要实际得多。

张姐是我们单位里的一个老同志，工作多年，但职务只是个芝麻绿豆大的小官，工作悠闲，薪水也不高。家里只有一套小两居，这些年南昌房价芝麻开花节节高，别人投资房产风生水起，她却始终稳如泰山，岿然不动。

一开始，张姐等待的是老公单位分配住房，熬工作年限，好不容易有点指望了，却正赶上国家开始实行货币化分房的政策，结果，张姐老公单位的房子全部被别人买走了。

分房的指望落空之后，张姐又把希望寄托在公公、婆婆身上。公公、婆婆各有一套住房，张姐的老公是独子，上面还有两个姐姐，公公多次说过自己的房子在百年之后要给孙子。张姐听了之后不由得暗自欢喜。公公的房子有100平米，而且位于市中心，按市值算怎么也要值个七八十万。有了公公这句话，张姐好似吃了定心丸，从此不管东南西北风，房价低也好、高也罢，都与自己没有关系了。别人谈股论房，她上网打南昌麻将，日子过得悠哉游哉，只等公公百年之后,房子归儿子名下了。

可是人算不如天算,2008年2月,一场大雪下来,公公走路时滑了一跤,得了中风,在医院治疗了几天,还没等留下遗嘱便撒手而去。一俟老父亲的丧事结束,老公的二姐便神不知鬼不觉地火速搬进了公公的房子,说是要照顾年迈的老母亲。张姐瞬间傻了眼,公公在世时只有一句话,却没有留下书面遗嘱,谁能证明这套房产就是留给孙子的呢?结果,不出众人所料,婆婆现在已经把住房过户给了前来照顾她的二女儿,张姐的美梦再一次化为泡影。

张姐按耐不住自己的火爆脾气,和婆婆、二姐大闹了一番,不仅房子没要到,还和婆家闹得个老死不相往来,丈夫为此也没有少埋怨她,房子没了,亲情更没了。张姐恨得牙痒,逢人就抱怨自己命不好,老公窝囊,婆家狠毒,人情薄凉。但她从没有想过这房子本就不是属于她的财产。

生活中,类似于张姐这样的人肯定不在少数。他们总是幻想天上掉馅饼的好事明天就会落在自己头上,期待着不劳而获。把自己的生活维系在别人的施舍中,把自己的财富梦想拴在别人的空口许诺中,结果是靠山山倒,靠人人跑。你的财富永远是画在纸上的大饼,看得到,吃不到。

还有一些女人,整天把"干得好不如嫁得好"挂在嘴边。她的财富梦想就是要嫁入豪门,或者钓个金龟婿。梦想着凭借自己的运气或者美貌,一不留神遇上富家公子,从此乌鸦变凤凰……但问题是,灰姑娘的梦人人都可以做,但是那种运气可不是人人都能有的。

最近,各大娱乐媒体争相报道最美港姐李嘉欣与许晋亨喜结连理的八卦新闻。让我感兴趣的,不是婚礼的奢华,而是许家给李嘉欣定下的八条家规:

1. 一亿礼金一次付清,许家以后不会再以家族名义给女家家用;

2. 如非必要,严禁返女家过夜;

3. 大时大节跪地叩头斟茶;

4. 一周至少两晚在家吃饭；

5. 如非必要，不再幕前演出；

6. 行事低调，在外不多言；

7. 品行端正，不许衣着暴露；

8. 严禁当街做出过分亲热之举。

为了嫁入豪门，貌若天人的李嘉欣在多个富豪的情路上兜兜转转，直到38岁终于修成正果，好在是求仁得仁。条件再苛刻，只要进了许家门，又有什么关系呢？

话又说回来，天底下又能有几个人有李嘉欣那闭月羞花的容貌，或者像武则天那样有"一切操之在我"的心计和手段呢？没有？那就安安心心、踏踏实实地生活吧。不要把发财大计寄托在别人身上，要相信自己也能成功，这比嫁入豪门要实际得多。

第四章

做一个精致又经济的小女人

女人谨记:作为女人,照顾好老公和孩子是咱的本分,但也一定要记得照顾好自己,吃好喝好玩好睡好!男人娶的是老婆,不是保姆和奶妈。如果你不明白这个道理,就得作好准备,说不定哪一天就会有别的女人来住咱的房子,花咱的钱,睡咱的老公,还打咱的娃……

女人还要谨记:女人的青春就像兔子的尾巴——很短,所以好钢一定要用在刀刃上,大好的青春一定要用在好男人身上。还有,蓝颜知己不是必需,但闺密一定不能少,否则,不是老公被你烦死,就是你被自己肚子里的话憋死。

1. 女人要学会为自己花钱

> 　　做女人,就应该抓紧一切机会享受自己应得的生活。吃得好,身体健康;穿得好,美艳动人;玩得好,情趣高雅,气质优雅……这样的女人,她的魅力是永恒的;做这样的女人,你的男人会爱你一辈子,并且尊重你。

　　小时候,我家隔壁的一家,女主人勤劳质朴、敦厚善良,勤俭持家、任劳任怨。丈夫喜欢孩子,她就一气生了四个。为了这个家,她真是献了青春献终身,结果,30多岁的她看起来竟然有50多岁的容貌。最凄凉的一次,和老公一起出门,居然被人当成了老公的母亲。即便如此,她对"危机"还是全然无知,依然全心全意操持着家务。直到有一天,一个猝不及防,一纸离婚书横在眼前,她噩梦初醒,但为时已晚。老公嫌弃她老了、丑了,早在外面找了一个相好的。虽然公婆站在她这一边,公公以断绝父子关系要挟儿子,可也挽不回老公出轨的心。离婚那天,她拖着法院判给她的两个孩子就在大街上哭得愁云惨淡、日月无光,过往行人看了也不禁心里恻恻然。她和孩子们哭成一团的样子,至今都深刻地留在我的脑海里。

　　在中国的传统文化里,"贤妻良母"、"相夫教子"是社会对一个女性的要求,而大多数人也认为这些是女人应该具备的美德。但是别忘了,封建社会的女人能有多少地位呢？当今社会，女人早就占了半边天了，按理说，那些对女人的束缚早应该被大家抛弃了，但遗憾的是，恰恰有很多女人自己把那些束缚捡了起来。更致命的是，那些本来就对女人不太公平的观念，还有可能被很多女性错误理解，把"贤良淑德"当成一味地吃苦忍让，把"贤妻良母"当成"家庭的免费保姆"。既然你自己喜欢做老妈子，男人也乐得把你当做老妈子，那种大爷的舒服享受惯了，他可不会对你感激涕零，更不会把你当一个平等的人去对待。女人在家里当老妈子，就算孩子也不会真正尊重你。

多少女人为了老公、孩子操劳一辈子，却唯独没有想过要好好经营一下自己。家里的日子是越来越好过了，可是自己却熬成了黄脸婆，不是身体出问题，就是婚姻出状况，要么就是忙完了儿子忙孙子，似乎生活中永远有人需要你去照顾。

当然，对家人的关怀、照顾，是我们每个人应该尽的义务，但有时候这种美好的情感却会被女人的唠叨毁掉。听听于丹老师是怎么说的吧。

过去说到中国的劳动妇女，一直都把奉献、牺牲作为传统美德，我对这种话很抱质疑，因为我不喜欢牺牲这个概念。什么叫做牺牲？根据《辞海》的解释，那种被剥夺生命、奉上祭坛的生物才叫"牺牲"。牺牲就意味着你为了某个崇高的目的而放弃了自己的生命。当女人觉得她为家庭、丈夫的事业作出了牺牲，这就给她的抱怨找到了最佳理由。她就会跟孩子说，妈妈就是为了你才弄得蓬头垢面，你不好好学习，你对得起我吗？然后对老公说，我就是为了这个家才操劳成这样，你还不好好爱我，你还对得起我吗？当一个人总是这样抱怨的时候，这在心理学上叫"非爱行为"，是以爱的名义所进行的亲情之间的绑架。对一个女人来讲，你爱一切，你付出，你享受，这是一个很幸福的过程。能够爱与被爱，这是生命的幸福与奢侈。所以我觉得，谁都不要说牺牲，我们自己付出了，我们的收获更多。

有一天，我在网上看到一句"狠话"，虽然不怎么"文明"，还是要跟姐妹们说一下：女人一定要吃好喝好玩好睡好，如果你把自己累死了，就有别的女人来住咱的房子，花咱的钱，睡咱的老公，还打咱的娃……

不瞒大家，看到这句话之后，我就偷偷把它当做自己的"座右铭"了。从此，我告诫自己：女人一定要吃好、喝好、玩好、睡好！生命是短暂的，女人的容颜如果不精心呵护，那就更短暂。而且，一辈子要过好，说的是要有一个好的过程，而不是只有一个好的结果。享受生命，就是要让这个过程多姿多彩。

在那以前，我也和很多女人一样，太急着赚钱，急着投资，急着把自己的家庭建设好……真的很少去考虑如何完善自我、如何让自己更加美丽年轻。虽然平时也经常"叫嚣"要如何如何享受生活，但真正到了要花钱享受一番的时候，却总是思量再思量。后来，同事小娴在花钱这件事上给了我很大的触动。她的观点是：花钱跟赚钱一样重要，而女人，更要学会把钱花在自己身上！如果明年的收入能比今年增加一万元，首先应该想到的是要用这笔钱来改善自己的生活，而不是全部把它们存起来或投资。如果只知道赚钱而不知道花钱，就算赚再多的钱，也跟穷人没什么区别。

做女人，就应该抓紧一切机会享受自己应得的生活。吃得好，身体健康；穿得好，美艳动人；玩得好，情趣高雅，气质优雅……这样的女人，她的魅力是永恒的；做这样的女人，你的男人会爱你一辈子，并且尊重你。

也许我们抓不住未来，但我们能把握现在。所以，享受现在才是最聪明的小主妇，会经营自己才是最聪明的小主妇，肯为自己花钱才是最聪明的小主妇。

2. 男人赚钱就是要你花

> 有科学分析表明,女人是天生的购物狂,花钱的快乐会促进女性的激素分泌,提高女性愉悦的程度,让女人更加美丽。有了这条科学依据,我总算明白了为什么女人特别爱花钱,原来如此啊。

看到一个公式推理,觉得很有意思,拿出来给大家分享一下。

人＝吃饭＋睡觉＋上班＋玩

猪＝吃饭＋睡觉

代入得:人＝猪＋上班＋玩

移项得:人－玩＝猪＋上班

结论:不懂玩的人＝会上班的猪

男人＝吃饭＋睡觉＋挣钱

猪＝吃饭＋睡觉

代入得:男人＝猪＋挣钱

移项得:猪＝男人－挣钱

结论：男人不挣钱等于猪

女人＝吃饭＋睡觉＋花钱

猪＝吃饭＋睡觉

代入得：女人＝猪＋花钱

移项得：女人－花钱＝猪

结论：不会花钱的女人都是猪

综上：

男人为了让女人不变成猪而挣钱！

女人为了让男人不变成猪而花钱！

所以，女人花钱天经地义，不会花钱的女人怎么能称为女人呢？各位姐妹们，花钱可以花得理直气壮了。男人赚钱就是要你花，要不然他的成就感从何而来呢？女人要懂得给自己花钱的意义，宠爱自己多一点，男人就爱你多一些。

个人认为，给自己花钱，也是给老公面子呢。现在越来越多的社交场合都是要携夫人参加的，这是为什么呢？其实，夫人的形象也是考察男人的一个方面。如果你蓬头垢面、衣衫不整、谈吐粗俗，谁看了都会笑话你老公没眼光、没水平，而发型整洁、衣着高贵、气质典雅、谈吐不俗的美女形象，无论在什么场合，都会让老公倍儿有面子。能追到美女的男人必定有其过人之处，别人在欣赏你的同时，对你老公也会高看许多。

女人为自己花钱，健康投资是最重要的一个方面，一些和女性疾病相关的保险应该多多关注，让自己有一份健康的保证。另外，给自己办一张健身卡，每天都进行一些适量的运动，瑜伽、跆拳道、韵律操……喜欢哪样就选择哪样。在运动中红润你的脸色，健美你的体型，还能快乐你的心情，这样的钱，怎可不花？为健康花钱,也就是为幸福储蓄。

其次,女人最应该花钱的地方还有内心,虽然用钱买不来智慧、买不来明理、买不来娴雅,但是花钱可以接受良好的教育,学会阅读,学会思考,内心的优雅就可以日积月累。记得当年 MBA 火暴的时候,MBA 硕士帽子满天飞,价格从两万元到十几万、几十万元不等,但是懂行的人都知道,这价格和所能接受到的教育水平是成正比的,所以在一定意义上,钱和教育还是有直接关系的。花钱在求知方面,多多益善。

虽然女人的内涵很重要,不过面目可憎的话,男人可是连了解你内心的欲望都没有呢!"面子"问题的重要性一点也不亚于"里子",脸上抹的、头上戴的、身上穿的、脚下踩的,只要在你的经济承受范围内,让你更加美丽、更加动人、更加 SEXY,多花一点钱,又有什么好心疼的呢?如果能把"山寨"穿成大牌的效果,那你花出的钱就更加值得了。只舍得花大价钱给自己的男人买礼物的"傻女人"们,能不能在给他买礼物的时候,也不要忘记自己呢?

最近看到一则新闻:有科学分析表明,女人是天生的购物狂,花钱的快乐会促进女性的激素分泌,提高女性愉悦的程度,让女人更加美丽。有了这条科学依据,我总算明白了为什么女人特别爱花钱,原来如此啊。

前一阵子,有朋友给我讲了一个故事,让我明白了女人就算在生气时乱花钱,也不一定就是坏事。话说在 2001 年或是 2002 年,浙江沿海的一个城市,一对夫妻为了家庭琐事发生了一场不大不小的"战争",结果就是,女人气呼呼地开了一辆宝马,带着一堆的银行卡、存折出门了。女人开着宝马,沿着大街小巷茫然地转悠,心中的怒火想把一切都烧掉,只想花钱、花钱、花钱,才能把胸口的恶气消除。可几百万的钱一时半会儿哪花得掉啊?撕都撕不完!

一路走一路看,正好看到有个楼盘开盘,售楼处装修得还挺豪华,女人停好车就进去了。售楼人员一看是宝马啊,立刻高规格地接待女人。俊男靓女让女人看得很舒服，满口吴侬软语最容易打动人，正好想花钱，一口气就买了4套公寓，而且一次性全付清。别人惊得目瞪口呆，可她浑不在意，艳羡的目光还让她颇有些得意。虽然还没有全部把钱花光，但心里的气也算是消了，女人揣着4套购房合同施施然回家去了。

男人一见，几百万就这么没了，换来4张购房合同，急得顿足捶胸，也就顾不得吵架那回事儿了，赶忙拿着合同去退房。可开发商不同意，钱都进了口袋，你还想拿回去，没门！男人只好作罢，从此不敢再跟老婆叫板。

哪知就迎来了房地产的春天，房价蹭蹭往上升，那4套房子过了两年几乎翻了一倍多，这个投资比男人办工厂的回报率高多了。男人心想，什么时候老婆再发一次级别比较高的火就好了，花钱消气，说不定又能撞上一个下金蛋的好项目呢。

3. 在困顿中也要绽放女人的优雅

作为女儿,我见证了妈妈的大半个人生。她的坚韧、智慧、淡定一直感染着我,每当我在生活中遇到挫折的时候,回想起妈妈的忍耐和努力,就会生出莫大的勇气去直面问题。她就像指路明灯,远远地但却温暖地指引着我,成为我人生无尽的财富。同时,老妈的一生也让我懂得:女人的优雅不是表面功夫,更不是有钱就能买来的,而是一种深入骨髓的风致,既绽放自己的美丽,也能温暖周围的人。

既有钱又有闲的女人,这样的女人肯定是优雅的;如果"钱"和"闲"两样中只有一样,那通过自己的努力也是可以优雅起来的;既没钱又没闲的女人,想要优雅就非常不容易了。什么都没有的女人,还能让自己优雅起来,那必定是女人中的"极品"。

嘿嘿,之所以这样说,是为了隆重推出我老妈,因为老妈就属于既没钱又没时间,却又一直很优雅的女人。所以,我一直为既比老妈有时间也比老妈有钱但却没有老妈优雅而汗颜。

先白描一下我老妈。

老妈很爱干净,很整洁。身上的衣服从来都是整洁清爽,出门虽不化妆,但一定是姿容整齐。她喜欢自然、简单的养颜方法,几十年如一日地用面友、雅霜、百雀羚。虽然廉价，但一直让老妈保持着平静、柔和的面庞。虽然老妈已经去世将近十年，但我现在依然还能时时回味起妈妈身上的那种香味，那是妈妈特有的味道。

老妈从不打麻将，不喜欢东家长西家短地和人"八卦"，闲暇之余，她最大的爱好就是看书。我觉得，这是她老人家气质娴雅、从容的主要原因。

生活虽然清苦，但是在妈妈身上却看不出丝毫的困顿与窘迫。这种淡定和从容，即便是在爸爸去世后，妈妈为了一家人的生计不得不去摆小摊时也不曾有丝毫的改变。在周遭一片嘈杂纷乱中，老妈犹如夏日莲花般安静而平和。学生们都爱在她那儿买文具，也许是觉得她没有一般小贩的嗜钱如命和俗气吧。

当年，爸爸的去世就如同晴天霹雳，以至于很长一段时间我们都不能接受这个事实。记得爸爸去世三个月后的一天，我们娘仨（老妈、弟弟和我）看到邻居一家搬家，做丈夫的在前面拉车，妻子和孩子在后面推车，这一幕让我们奔回家抱成一团痛哭了许久。最后还是妈妈先止住了眼泪，抱着我和弟弟，神态坚毅地说："不哭了，爸爸不在了，我会把你们带得更好。别的孩子有的，我们也要有。"从此，我再也没有看见妈妈哭过，她努力践行着自己对孩子许下的诺言，我们姐弟两个和其他父母双全的孩子一样，没有为衣食烦恼过，我们得到的爱也不比原来少一分一毫。

上世纪 90 年代，如果你没有下海经商，那作为普通的老百姓，要想存点儿钱，只能靠勤俭持家。在这一点上，老妈的高明之处就是：花最少的钱，办最多的事。那个时候，我们一家三口主要靠老妈 300 元的月工资来维持生活。虽然拮据，但在老妈一双巧手的打理下，日子却也过得有模有样。

吃的方面，买的蔬菜从根到叶，肉类从骨头到皮，都能在妈妈巧手的调理下成为佳肴美味。西瓜皮、鱼鳞在一些人家看来都是要进垃圾桶的，但是妈妈却可以把它们制作成各色菜肴，凉拌西瓜皮爽口又营养，肉皮可以做成肉皮冻，鱼鳞可以做成鱼鳞冻，省钱却不损生活质量。老妈虽然是南方人，但也会做北方面食,馒头、花卷、包子、烙饼都不在话下,长相比小店卖的稍差点儿,但是吃起来味道要好多了。自家酿糯米酒,酒香扑鼻,经常勾引得我和弟弟像小馋猫一样偷吃。

穿的方面,老妈更有一绝。穿了 10 年的衣服,在她身上还和新的差不多。她有一件羽绒服,大约是 80 年代初买的,到了 1992 年的时候还和新的一样。衣服上有了污渍,她细心地用汽油一点一点擦掉。洗完的衣服,晾晒后放到樟木箱里。出门是一套干净整洁的外出衣服,在家做家务是一套旧衣服。衣服一定要用电熨斗熨好之后才穿上身。我参加工作时,老妈送我的礼物就是蒸汽熨斗,她告诉我:"衣服只要洗净、熨平,就是一件新衣服。"汗!到现在为止,我用熨斗的次数都不超过两位数。如果我能有老妈一半的勤劳,也不至于像现在,满满一柜子的衣服,却还在抱怨没有衣服可穿。

在那样的年代,普通百姓的生活都很节俭,但老妈的与众不同之处在于:虽然经济拮据,但是生活却要过得精致。她绝不会做那种"貌似节省、实则浪费"的傻事。比如,有的人家不想浪费,饭菜都馊了也舍不得扔,还要吃掉,结果省了几毛钱的粮食,却搭上了几十块钱的医药费。妈妈会把饭菜做得刚刚好,既不多也不少。在她看来,节俭是必须的,但不能影响生活的质量。

在理财方面,老妈也是个能手。有一件事给我留下的印象非常深刻,每到年底,我家存折的钱就经常被老妈倒来倒去,因为那个时候老百姓可以通过转换银行储蓄,获得更多的利息收入。老妈就是通过这种方式赚到了比普通储蓄多不少的钱。我那时年幼,没有好好向妈妈学如何理财,否则今天就可以和大家分享更多的理财知识了。虽然老妈的那种方法现在已经行不通了,但是只要我们足够细心,依然可以找到很多让小财富冒金光的法子。

在增加收入方面,老妈同样很有手段。在我们当时住的小县城,人们有过节逛庙会的习俗。妈妈就抓住这样的机会,在工作之余,从奶奶的小百货店拿来内衣内裤、袜子鞋帽之类的小商品到庙会上去卖,每次的收益都很可观。庙会多的时候,老妈像赶场似的一个一个跑,十来天下来,赚的钱几乎等于老妈全年的工资收入了。老妈理财、赚钱的本事,让我觉得生活处处都是财富。只要用心,哪里都有财富的泉眼。

作为女儿,我见证了妈妈的大半个人生。她的坚韧、智慧、淡定一直感染着我,每当我在生活中遇到挫折的时候,回想起妈妈的忍耐和努力,就会生出莫大的勇气去直面问题。她就像指路明灯,远远地但却温暖地指引着我,成为我人生无尽的财富。同时,老妈的一生也让我懂得:女人的优雅不是表面功夫,更不是有钱就能买来的,而是一种深入骨髓的风致,既绽放自己的美丽,也能温暖周围的人。

 优雅小主妇私密互动

粉色的小白兔:好羡慕椰风妈妈这种优雅的女人,我咋就怎么都优雅不起来呢?

淡若椰风:从妈妈的身上,我懂得"没有丑女人,只有懒女人"这句话的确是至理名言。多一点儿心思,多一分勤快,我们都会成为优雅的女人。

4. 做女人要像妙玉一样精致

> 精致的女人会用最淡雅的香水,用得不多,行走风起处,有暗香浮动,想要找寻却又香杳无踪,只在不经意间有淡香盈面。
>
> 最可贵的是,真正精致的女人往往意在自得其乐,而不在垂钓别人的眼球,却总能无心插柳地吸引男人垂涎、女人艳羡……

女人不但要学会为自己花钱,更要学会为自己花心思。女人不是因为有钱才优雅,优雅的女人也不一定就有钱。

《红楼梦》中,最精致可人的是谁? 是黛玉,还是宝钗? 都不是。《红楼梦》中人,最精致的还要数妙玉,她可是一个不折不扣的豌豆公主。

《红楼梦》第四十一回"栊翠庵茶品梅花雪　怡红院劫遇母蝗虫"一节中,有一段妙玉与宝、黛、钗三人品茶、论茶的描写,极其细致地勾勒出了妙玉的精致。喝茶,从茶具到茶叶再到泡茶的水都颇有讲究:茶具不是古董就是绿玉,甚至根雕都成了一个别致的茶盏;茶叶是老君眉;泡茶的水,不是旧年蠲的雨水就是五年前梅花上的雪水。这份精致可不是金钱能够换来的,金钱能换来的精致在清高的妙玉眼里都是俗物。就连黛玉这样的雅人,也因为想不到煮茶的水会是五年前的梅花雪而被妙玉讽刺为"大俗人"。品茶,只能一杯在手细细地嚼,不能多吃,否则就变成了牛饮……

作为 70 后，我从小受到的教育还是勤劳朴实、吃苦耐劳，眼中的美女也是浓眉大眼质朴型的，所以表面上对"妙玉"们存了酸葡萄式的不屑，但内心却艳羡不已："啧啧，这才是有情调的小资女人，女人就应该精致一些。"

所以说，做女人就是要精致，精致的女人是雅在骨头里的，兰心蕙质绝不会显露在皮相上；外貌不必惊若天人，但是细节里却处处流露着温润和淑雅。精致女人的外衣可以很普通，但一定是干净合体、剪裁精细。贴身贴肉的衣服也一定要讲究，一件文胸或许比一件外套还要贵上许多，贴身穿着仿佛有温暖的手熨贴着肌肤，完美地勾勒身体的曲线，举手投足之间，性感便若隐若现。

精致的女人会用最淡雅的香水，用得不多，行走风起处，有暗香浮动，想要找寻却又香杳无踪，只在不经意间有淡香盈面。

最可贵的是，真正精致的女人往往意在自得其乐，而不在垂钓别人的眼球，却总能无心插柳地吸引男人垂涎、女人艳羡……

但生活中也往往充斥着和精致女人相反的另外一群女人，她们讲究面子上的光鲜靓丽，却总因为一些细节的粗陋而让自己的苦心经营轰然倒地。比如，穿在外面的夏衫可能是豪华商场的上品，可是一不留神却让滑落出来的廉价胸衣肩带暴露了自己的品位，穿的人若无其事，旁观的人却不禁暗暗替那件夏衫叫冤。

穿着一双上千元的细巧女靴，鞋面上却满是泥点子，厚厚的灰尘早就掩盖掉了鞋子的光彩；一手拎着路易·威登的包包，一手抓着麻辣烫，一路走一路吃，吃完了把那些棍子、包装袋随手一抛；有心情、有时间就化个浓妆上班，没心情、没时间就裸着脸上班去，有时是妖姬，有时是村妇……这样的场景在你我身边随处可见。

还有的女人宁愿花同样的钱淘上一大堆做工低劣但款式拉风的衣衫，也舍不得买上一件能够经得起时间和潮流考验的衣服。淘来的衣服只能穿一季，下了几次水之后就蔫得和韩国泡菜差不多了，所以她们的衣橱里虽然总是满满当当,但却总是缺少随时穿得出去的一件。

所以说,精致并不是多花钱,也不是一味地追求名牌。曾经在网上看到一个颇具讽刺意味的笑话:一个酷好追求名牌的女人遇到打劫,她不在乎首饰、皮包,只是苦苦哀求劫匪不要抢走她的四万多元的名牌鞋子!是啊,现在就是有很多女人狂热地追求名牌,认为那就是小资,那就是品位,那就是精致生活!言谈间,旁人若是对某一牌子一无所知,鄙视和不屑立马跃然于面上!日积月累,算算她们在名牌上的消费,足够买一套小户型房子了!

我啰唆了这么多,就是想说,精致是一种智慧和气度,它和花多少钱无关。不用花很多钱,我们一样可以让容颜精致,生活精致,心情精致。

5. 过日子要跟宝钗学

薛宝钗这样的女子放到现在，绝对是超级旺家、旺夫的小主妇，我们虽然没有薛宝钗那样的聪慧，但是也可以借鉴一些她的做法，学会经营人际关系网络，善于打理家庭事务，必要的时候也要强悍一把。

《红楼梦》中的每一个女人都是妙人儿，黛玉的才情、宝钗的大气、妙玉的精致、凤姐的泼辣……各有各的好，各有各的妙，各有各的心头最爱。上一节提到了妙玉的精致，但我个人最喜欢的还是大气温婉又柔中有刚的薛宝钗。我一相情愿地以为，她要是生在我们这个年代，一定是一个最会过日子的精明小主妇。

薛宝钗生在商贾巨富之家（本是书香继世之家……家中有百万之富，现领着内帑钱粮，采办杂料），但宝钗并没有像一般的侯门千金那样养尊处优、五谷不分，而是从小就帮妈妈料理家务，细致勤快。再加上宝钗天资聪颖、思维敏捷，在经营财产方面不知要比哥哥薛蟠高出多少，所以当凤姐小产不能主持家政时，宝钗能够和李纨一起协助探春，成为管理贾家事务的"三驾马车"中的一分子，把大观园打理得井井有条，使荣国府焕发了新的光彩。更让我佩服得五体投地的是，在为荣府的经济建设提出很多有价值建议的过程中，薛宝钗始终把自己的位置摆得很正，从不恃权逾矩，不由得众人不心服口服。

在《红楼梦》中，即便是没有那个天天娇喘微微、情泪不断的林小姐做"反衬"，宝钗同志的人气指数也是相当雷人的。也就是说，宝钗的理财能力可堪荣府大任，人际交往的情商也是少有人及，套用我们单位领导的话说就是"领导印象和群众基础都是相当的好"。这可不是我"情人眼里出西施"，有事实替我说话呢，在《红楼梦》第五十六回"敏探春兴利除宿弊　时宝钗小惠全大体"里就有这么一段，话说探春、宝钗、李纨三位 CFO（首席财务官）上岗之后，为了提高荣府的经济增长率，三人合计着要在荣府试行包产到户，于是就有了下面这段对话。

李纨忙笑道："蘅芜苑更利害，如今香料铺并大市大庙卖的各处香料香草儿，都不是这些东西？算起来比别的利息更大。怡红院别说别的，单只说春夏天一季玫瑰花，共下多少花？还有一带篱笆上蔷薇、月季、宝相、金银藤，单这没要紧的草花干了，卖到茶叶铺药铺去，也值几个钱。"探春笑道："原来如此。只是弄香草的没有在行的人。"平儿忙笑道："跟宝姑娘的莺儿他妈就是会弄这个的，上回他还采了些晒干了编成花篮葫芦给我顽的，姑娘倒忘了不成？"宝钗笑道："我才赞你，你到来捉弄我了。"三人都诧异，都问这是为何。

宝钗道："断断使不得！你们这里多少得用的人，一个一个闲着没事办，这会子我又弄个人来，叫那起人连我也看小了。我倒替你们想出一个人来：怡红院有个老叶妈，他就是茗烟的娘。那是个诚实老人家，他又和我们莺儿的娘极好，不如把这事交与叶妈。他有不知的，不必咱们说，他就找莺儿的娘去商议了。那怕叶妈全不管，竟交与那一个，那是他们私情儿，有人说闲话，也就怨不到咱们身上了。如此一行,你们办的又至公,于事又甚妥。"李纨平儿都道:"是极。"探春笑道:"虽如此,只怕他们见利忘义。"平儿笑道:"不相干,前儿莺儿还认了叶妈做干娘,请吃饭吃酒,两家和厚的好的很呢。"探春听了,方罢了。

这段文字里,曹老爷子洋洋洒洒五百多字,既写出了薛宝钗打理家庭财务的经济头脑,又写明了她处事的机智圆熟。为了不留人口实,授人以柄,宝钗不肯让自己身边的人染指大观园的事务,却又推荐贾家的老仆——老叶妈,貌似和她宝钗没有半点儿关系,但是她却知道老叶妈和自己的丫鬟莺儿的娘关系极好。这一石两鸟的做法,促成了老叶妈和莺儿她娘这两个人合伙承包了花草工程,这样既讨好了宝玉,又收买了自家丫鬟的人心,还不招人口舌,同时还解决了探春和李纨一直挠头的难题,真是一举数得的聪明办法。

也许你会撇着嘴不屑地说,宝钗这丫头太世故圆滑,不如黛玉小姐来得实诚。平心而论,小女人要柴米油盐地过日子,还要跟婆媳姑娌处关系,不世故一点、圆滑一点、聪明一点、经济一点,能吃得开吗?难道非要一身棱角,直来直去,把大伙磕碰得一身是伤才好吗?我们是要在社会上、在关系里讨生活的,不是在书本上阳春白雪地谈情论诗。清高不适合生活,而适度的圆滑才能过上好日子。

敏慧而有远见的宝钗比我们现代人更懂得"人际关系是最大生产力"的道理,所以,她虽然有着雄厚的家资做后盾,有王夫人这个姨妈做后台,但她从不"自我感觉良好",而是行为豁达,处处随分从时,大事拎得清,小事也不糊涂。比如,每次她哥薛蟠从外采购回来,宝钗都要给园中的姐妹一份小礼物,而且每个人送怎样的礼物,都色色周全。对贾府最高权力的象征——贾老太太,薛宝钗也以识大体、顾大局的气度,一步一步赢得了老太太的喜爱。而对于实权派人物王夫人,也就是自己的姨妈,也是极尽周到。金钏跳井,王夫人正闹心的时候,她几句宽心话说得王夫人五脏六腑都舒服,每个汗毛孔都熨帖。

　　就这，曹老爷子还嫌笔墨不够，还让宝钗收服了以尖酸刻薄、嘴尖舌利而闻名的黛玉，让直肠子的黛玉也由衷地说"往日竟是我错了"，两人最终亲密到"竟比别人好十倍"的程度，连宝玉都"暗暗纳罕"。可怜貌美才高的黛玉，因为不懂这最紧要的关节，纵是有宝玉的百般爱恋，也是南柯一梦，结果将荣府少奶奶的"宝座"拱手让人，煮熟的鸭子都飞了。

　　作为现代女性，我们要获得经济独立，就要凭自己的实力在社会上打拼，工作中所面临的竞争压力丝毫不逊于男性。良好的人际关系，绝对是一笔无价的财富，会给我们的生活和工作带来极大的便利。

　　宝姑娘让在下佩服的还有一处，那就是她虽然平日里温婉贤淑，但绝对不是没有原则的和事佬，当自己的尊严受到侵犯时，她能够有理有节地让对方领教自己的"厉害"，却又不失表面的和气，这一点是最让我为之叫绝的。在《红楼梦》第三十回"宝钗借扇机带双敲　龄官划蔷痴及局外"中就有这么一段，说的是一日闲来无事，宝钗、黛玉、宝玉几个在贾母处小聚，结果在说话间不小心舌头碰上了牙，宝钗暗藏机锋的一席话，指桑骂槐、请君入瓮、似弱实强、绵里藏针，让想奚落她的宝玉和黛玉都尴尬不已，落了下风。

　　社会是一个大染缸，有善良有邪恶，有乖巧可爱的小羊羔，也有可恶凶狠的大灰狼，更有披着羊皮的狼。要生存，要发展，我们首先要学会保护自己，女人尤其要注意这一点。害人之心不可有，防人之心不可无。面对骚扰，面对胁迫，面对不公正，除了忍受之外，还要学会说"不"。

　　薛宝钗这样的女子放到现在，绝对是超级旺家、旺夫的小主妇，我们虽然没有薛宝钗那样的聪慧，但是也可以借鉴一些她的做法，学会经营人际关系网络，善于打理家庭事务，必要的时候也要强悍一把。

6. 为自己的美丽做加法

> 优雅小主妇的原则是既要美丽又要省钱。总结了一下我的"不花钱"美丽秘方：一方，爱情美好；二方，心态平和；三方，身体健康；四方，作息规律；五方，勤快不懒。这五方，每方一钱，加水熬煮，天天体验，你会发现：笑容恒久远，美丽永留存。

有人说，一个人的容貌在 30 岁之前是爹妈给的，30 岁之后是自己给的。年纪越长，越觉得这话有道理。生活中，我们每个人都在自觉不自觉地给自己的容貌做加减法，时间越长，加减法的效果越明显。

很不厚道地表一表，我觉得由我自己负责的容貌，要比爹妈负责的那部分稍微美一点儿，这一点有同学给我作证。大学同学毕业十年聚会的时候，大家都说我比上学的时候更美一些。

当然，我绝对算不上"大美女"，爹妈给的底板儿在那里，再怎么努力也只能是"半个美女"。不过，俺可从来没有气馁过，一直在向"美女"这个称谓努力靠近。

我认为，一个女人最大的魅力就是要自信，这是最给自己加分的一项。自信，可以让丑小鸭变成白天鹅，可以让一个貌不出众的女人变得脱俗、惊艳。自信的女人，一举手一投足都彰显着性感和魅力。生活中有很多女人，从外表上看算不上是大美女,但她们自信,自认为是美丽的,而这种自信会感染周围的人,别人也会认为她们是美丽的。自信的女人,那种美是从骨子里散发出来的。她们不是不清楚自己容貌的不足,不是一味地自我感觉良好;相反,她们很清楚自己,她们接受自己的缺憾,容忍自己的不完美。如果你面对的是一个自信的女人,哪怕她有缺憾,她的气质也会让你印象深刻。

自信是可以培养的,尝试着训练自己更加自信一些,慢慢地,你就会真的自信起来。"只要自己不跪着,没有人会比你高。"这是我经常跟自己说的一句话。

怡养心性也是给自己的容貌做加法。相由心生,一个人有什么样的心境,就会有什么样的面貌。心态平和、坦然无惧,脸部的线条就会圆润柔和;心情总是抑郁、纠结、不安,那面色也会晦暗、无神。想成为美女,就要修养心性,用知识、用美德、用坚韧、用包容之心去修炼。久而久之,脸上的皮肤会光滑,眼神会清澈,你的整个人也会温润如玉。

女人的青春总是很短,美丽的容颜会稍纵即逝。但是自信和内心的宽阔,却让女人如经年的美酒,越陈越醇。

除了心性上的自我修炼之外,恰当的方法也是必不可少的,当然,优雅小主妇的原则是既要美丽又要省钱。总结了一下我的"不花钱"美丽秘方:一方,爱情美好;二方,心态平和;三方,身体健康;四方,作息规律;五方,勤快不懒。这五方,每方一钱,加水熬煮,天天体验,你会发现:笑容恒久远,美丽永留存。

7. 我为减肥狂

> 那一阵子流行点穴减肥,号称不用节食就可以健康减肥,听起来比较适合我。于是,我找到了一家减肥馆,招牌的广告上写着"100元减5斤"。20元1斤,这价比猪肉价要贵点儿,足以证明人比猪要金贵。

减肥是女人一辈子的口号。

我一直嚷着要减肥,但直到生完女儿小希后,才拿出了具体行动。当然,动力来自于压力。怀孕前,我对自己的身材还是比较满意的,虽不是玲珑有致,但也还算亭亭玉立——166厘米的身高,53千克的体重。但是,生完我家宝宝之后,惨啦,人整个大了一号,一称体重,我的天,135斤!这样的体态,让我看上去仿佛一下子老了10岁都不止,我严重怀疑,假如我戴上花白的假发坐公交车,绝对会有"好好学习、天天向上"的年轻人给我让座。

不过,公道地说,生完孩子后还是有一点好处的,就是胸部"荣升"了两级,一度到了C,让我这A cup的女人也终于体验了一把C的感觉,野百合也有春天啊。不过,这个"春天"对我来说比较短,等哺乳期一过,乳房就像羊毛衫下了水,立刻缩水,比原来还小了。

终于有一天,我的自尊心遭到了严重的打击,一个四五岁的小朋友喊了我一声"婆婆"。我痛下决心，正式向老公宣布："我要减肥！"他嗤之以鼻地说："不要别的地方没减下去，胸部又缩水了！"（羞答答地说一句，整个哺乳期，老公从不介意我的胖，因为他好歹也体验了一下 C cup 的感觉）"没关系，女人的乳房就像海绵里的水，挤挤总是有的。"我白了他一眼，恨恨地想：大不了戴个超厚的海绵 bra。

小女子说到做到，紧锣密鼓地一通忙活之后，N 多减肥方案摆上我的案头。

节食？不行，生就这张嘴，不让它吃东西怎么能行？

抽脂？有点儿恐怖！万一手术失败，天呐，不敢想下去了……

正好那一阵子流行点穴减肥，号称不用节食就可以健康减肥，听起来比较适合我。于是，我找到了一家减肥馆，招牌的广告上写着"100 元减 5 斤"。20 元 1 斤，这价比猪肉价要贵点儿，足以证明人比猪要金贵。试试看吧。交了钱，服务员给了我一个健康食谱。不错，减肥还给出了食谱，这种减肥还蛮专业嘛，仔细一看，不是黄瓜就是青菜，两天只能吃一次荤，而且还不能吃红肉，什么鸡皮、鸭皮、肉皮、内脏这些都不能吃，米饭一天不能超过两碗。看样子还是得挨饿。要是在平时，天上飞的除了飞机，水里游的除了轮船，四条腿的除了板凳，两条腿的除了人，其他没有我不吃的。可是为了减肥，我生生让自己忍住了，可真把我憋坏了。

从此，我的生活里多了一个项目——去减肥馆。半个月下来，我从 126 斤减到了 116 斤，成果喜人，可是人也被饿得两眼发花。最痛苦的还不是挨饿，而是精神上的折磨，你这边肚子饿得咕咕叫，人家却大鱼大肉吃得满嘴流油，而你只能眼睁睁地看着，只有流口水的份儿。是可忍孰不可忍！一个疗程还没有结束，我终于在一盘红烧肉的诱惑下破了戒，自然，体重就像是摁到水里的浮标，手一松又飘飘忽忽地涨上去了。

后来，减肥馆的店员还很负责地给我打过几个电话，要我坚持下去，允诺一定能减到理想的体重，可我每天看着单位食堂那丰盛的午餐，就把"节食"

忘到九霄云外了,红烧肉、啤酒鸭、三杯鸡⋯⋯不吃是罪过啊。俺找的这家减肥馆的确是个负责任的店,见我只完成 2/3 的疗程,还有 1/3 的费用没交,一直苦口婆心地劝我坚持减肥,说如果一斤都没减下来,绝对不收钱。俺扒拉扒拉"小算盘",问了一句:"是不是长回来的肉,能倒找钱给我?"从此,减肥馆再也不理我这个"不守清规"的小肥婆了。

 优雅小主妇私密互动

放我在 C 盘:想问椰风姐姐一个问题:哺乳期一过,胸部真的会缩水很多吗? 有什么办法能让它不缩水吗?

淡若椰风:个人感觉,不缩水是不可能的,哺乳的时候,里面可是装满了宝宝的"口粮",没有了宝宝的"口粮"还能撑那么大吗?最关键的是,保证不下垂才是王道。当然,我没能挺住,掩面泪奔。

8. 瑜伽带给我的不仅仅是容颜的美好

　　练瑜伽,每个人的改变都会不一样。起初,我希望瑜伽能帮我修理一下忍无可忍的体形, 它做到了。我练瑜伽三个月, 体重从120斤减到了110斤,腰围从2尺4回到了2尺1,一直维持到现在。在我意料之外的是,练了瑜伽之后,我的例假越来越准了,肤色也好了很多,脸上的色斑居然也淡了。认识我的人,都说我比过去漂亮了。

　　经历了一次点穴减肥的失败以及节食引起的身体不适,我不得不重新选择减轻体重的办法。没想到无心插柳,我无意当中找到了一个既能减肥,又能维持体形,还能改善肤色的办法——瑜伽。

　　单位附近有一家瑜伽馆,门口的广告上便是一个女人无比优雅的背,挺拔笔直的脊梁,玲珑小巧的腰肢,浑圆饱满的臀部,光滑柔腻的肌肤,女人所有的性感元素全都迷离地绽放在这美丽的背影当中。

　　这样的一个背影,总是撩拨着我修炼瑜伽的念头。终于有一天,我按捺不住,下狠心花1000元买了一张年卡。之所以这么"狠",主要是想让自己看在人民币的分儿上,不好意思中断锻炼。而此时,我的体重已经从116斤反弹到了120斤。

　　我的瑜伽教练是个年近五旬的女人，腰肢柔软得像 18 岁的少女，身段就像 20 来岁的小姑娘。这真是一个活广告，看到她，我练瑜伽的信心和热情又多了几分。

　　瑜伽讲究的是身体的柔与韧。练习的第一天，弯腰、压腿，我基本都不能做到，腿硬得像个木棍子，身边有些老会员，弯腰时能把肚皮贴到大腿上，而我，把自己累得大汗淋漓也只能弯个 45 度。一个小时下来，累得快瘫软了。练得差不多了，教练开始带我们做放松功，伴着轻缓的音乐，在她舒缓而催眠一般的言语中，我竟然很快睡着了，而且还很没风度地打起了呼噜！醒过来之后，整个人感觉特别舒畅，神清气爽。就凭这，我爱上了瑜伽，并且一直坚持到现在。

　　练习一段时间之后，慢慢地就不会觉得有那么艰难了。身体一点一点变得柔韧，关节一点一点变得灵活，每练习一次，身体就会感觉柔软一点，这样的改变是渐进的。不知不觉中，瑜伽的动作会越来越到位，而且每次练习完之后，全身通透，睡眠质量也有了很大提高，过去我经常多梦、失眠，而练了瑜伽之后，这种情况改善了很多。

　　练瑜伽，每个人的改变都会不一样。起初，我希望瑜伽能帮我修理一下忍无可忍的体形，它做到了。我练瑜伽三个月，体重从 120 斤减到了 110 斤，腰围从 2 尺 4 回到了 2 尺 1，一直维持到现在。在我意料之外的是，练了瑜伽之后，我的例假越来越准了，肤色也好了很多，脸上的色斑居然也淡了。认识我的人，都说我比过去漂亮了。

　　就这样无心插柳地发现了一个让女人变美的好办法。各位美眉，练瑜伽对女人而言真的是一个很好的选择。坚持三个月，从上到下，从内到外，你会发现一个全新的自己。

　　其实，瑜伽带给我的最大变化还在于心态方面。随着动作越来越舒展，四肢越来越柔软，我的心也仿佛回到了婴儿时的简单和宁静，摒弃了世俗的嘈杂，静静地聆听生活本来的声音。我渐渐明白，我们的身体需要的其实只是很少很少的东西，是我们的心被世俗所累，在纷纷扰扰之中迷失了自己，丢掉了生命的本真，让我们成了精神上的弃儿。一旦我们能够重新寻回生活的真意，给心灵找到家园，那就会觉得整个世界都是桃源之地。面对生活，我可以柔软地接受；面对困难，我不再有太多的抱怨；做事做人，我更加执著，更加坚韧。

前面说过，心态平和是女人的美丽秘诀。你看看那些心态平和的女人，多半面目柔和，正所谓"宠辱不惊，眉目静好"。耐看的女人，她们的心态也一定是祥和的。

9. "山寨"服装也"瑞丽"

> 　　要将"山寨"穿成大牌,有两点需要姐妹们注意。一是要有担得起大牌的气质。气质很重要啊,否则全身的名牌也会被别人当成地摊货,那可就比窦娥还冤了。二是要学会混搭,身上要名牌和"山寨"共存,不能全是"山寨"。

　　亚马逊雨林里的一只蝴蝶扇动一下翅膀,会在密西西比河掀起一场风暴。这是传说中的"蝴蝶效应",我现在是实实在在地领教了。活生生的例子就是,美国的华尔街金融风暴,让远在中国的一个小女人闪了一下腰。我的生活因为这场风暴也刮起了小小的旋风——物价在上涨,股票在狂跌,唯有工资不离不弃地原地踏步。在这样的国际大气候和家庭小气候下,我每次到商店里看见美丽漂漂的衣服,就只能瞪着眼睛流口水。情急之下,急中生智,现在电视上、网络视频上频刮"山寨风",既经济又赚眼球,同理可证,在服装上我也可以来一个"山寨"瑞丽,以极其低廉的价格和以假乱真的瑞丽风格,再加上练瑜伽练出来的身段,说不定也能把回头率赚个盆满钵满。

　　"山寨服装"这个创意是我的一个同事想出来的。自从经济寒潮的冷风嗖嗖地刮来之后,我们这些小女人平常最惬意的逛商场的爱好就变成了一种折磨,看着眼花缭乱的一排排衣服,捏捏自己手上让人心虚的荷包,顿时气短。

看得上的穿不起,穿得起的看不上,估计这情形就和大多数男人的"遗憾"一样——漂亮的娶不到,娶到的又不漂亮。

话说这一日,同事穿了一条碎花裙,是她前几天在渔牌专卖店看过的,当时就因为新款不打折,她"三步一回头,五步一徘徊"地和那件衣服纠结了 N久,看着 500 多大洋的高价,最终还是挥泪而去。没想到几天之后就穿在身上了,我们纷纷围上问道:"打几折啊? "

她笑而不答,却反问我们:"和那天试穿的有区别吗? "

我们围看了一圈,纷纷摇头。

得到满意的答案之后,她卖着关子、拉长了声调答曰:"一折。"

谁能相信渔牌新款会打一折?在我们的强烈要求下,她终于道出了真相。原来,她在万寿宫看到了一块与那条裙子一模一样的布料,心念一动就买了一块,找到一家裁缝店,和店主人比比画画,说了半天,把自己想要的款式告诉了他们,没几天,"山寨版"的渔牌就新鲜出炉了。布料和手工费加起来才60 元,穿在身上却可以假乱真。

这一成功的"山寨"模式运作,激起了我们这个单位的女性们的 DIY 制衣热潮,一干人等齐齐奔向万寿宫买布料。我本来对买布料不是很感冒,那些布料在我眼里不是被面就是床单,怎么也不能和鲜亮的服装联系起来。幸好身边的女人们有对色彩敏感的,大家互相探讨的过程中,选块布料也不算很麻烦了。多挑选几次,再用《瑞丽》杂志恶补一下功课,终于,五颜六色的"被面"也能在我的脑海里成为一款或端庄或明艳的服饰了。

采购好布料,直接找到那家裁缝店,端上厚厚的《瑞丽》杂志,找到自己中意的款式,要裁缝帮我们"量身定做"。在我们的调教下,那家店的裁缝制作的衣服越来越有瑞丽风范了,连收口、泡泡袖等一些细节都能搞出"韩流"风格。

料子不超过 30 元, 手工也就是 20~40 元不等,算下来一件衣服也就50~70 元;冬衣的布料稍贵,但连工带料 100 元也能做一件羊毛呢的半长风衣。而且啊,做出来的衣服和《瑞丽》上的相似程度可以达到 85%以上,做工细致,针脚匀密,比起淘宝上那些粗制滥造的衣服强了不知多少倍,基本上可以和商场 400~500 元价位的衣服相媲美。

最让我开心的是,这样的"山寨"衣服,却让我家宝哥赞不绝口,夸我有心思、会持家,在金融风暴中依然时尚,我心里那个乐啊。

当然,要将"山寨"穿成大牌,有两点需要姐妹们注意。一是要有担得起大牌的气质。气质很重要啊,否则全身的名牌也会被别人当成地摊货,那可就比窦娥还冤了。二是要学会混搭,身上要名牌和"山寨"共存,不能全是"山寨"。比如上身"山寨",下身来一条哥弟的裙子;外套是"山寨",羊毛衫来一件鄂尔多斯,再搭一点儿漂亮的胸针,艳丽的围巾(这样的小东西可得买贵贵的啊,让人眼前一亮,而且给别人一种错觉,这么小小的东西都是品牌,那全身上下还不……),这样混搭之后,谁也不知道到底哪件是"山寨",哪件是名牌。嘿嘿,要的就是这个效果!

---- 第五章 ----

家有小女初长成

　　小主妇的话题,怎么能少了孩子呢?作为一个精明的小主妇,自然也要用经济实惠的方式来培养孩子。

　　孩子是家庭最重要的投资,这里的投资不是金钱,而是心思。如果你将世间的一切好东西都早早捧到孩子面前,那他将来对生活还能有多少期待呢?在日常生活中,要告诉我们最亲爱的孩子,他并不能"有求必应",星星是摘不到的,月亮也是摘不到的;要告诉他必须学会等待和控制;要告诉他,只有通过自己的努力获得的幸福才是真实的。在这个过程中,其实我们已经给了他最宝贵的财富。

1. 省钱生个健康宝宝

> 别人的胎教是唱着儿歌哄宝贝，而我的胎教说得最多的一句话就是："宝贝，你老妈可作好了顺产的准备，你要乖乖地配合老妈，要不然，哼哼，到那时我不舒服，你就会更不舒服。"我一边用手摸着肚子，一边威胁肚里的小宝贝。

小希同学还在我肚子里的时候,我就盘算,怎样生孩子才最省钱呢?在我生活的这个城市,生孩子顺产要 1000 块左右,剖腹产的费用一般在 3500 以上。很多女人为了这道选择题而左右为难,但我的答案毫无疑问是选择 A,也就是顺产。

虽然我这个财迷选择顺产的初衷是为了省钱,但是很多专家都认为顺产是宝宝来到这个世上的最佳方案,顺产的孩子运动能力、协调能力都比较强,而且还能降低新生儿患吸入性肺炎的几率;顺产的产妇身体恢复较快,同时还避免了麻醉的风险、手术的出血、创伤等问题。好处这么多,怎能不选择顺产呢?

当然,能否顺产不仅要听医生的,还要自己多作准备。十月怀胎,我可作足了顺产的努力,什么散步、爬楼梯……几乎每天都锻炼一个小时以上。但是我觉得更重要的是和肚里的小宝宝多沟通,可别小看了这方式,这是我实践出来的超级管用的"顺产法宝"。

怀着小希的时候,俺的臀部很像鹅的臀部,硕大浑圆,走起路来还一摇一摆,从后面看就是一只大白鹅,按老人们的说法是,这样的身形生产的时候肯定顺顺当当。既然有经验的过来人都这么说了,剩下的就看我的宝贝配不配合了。

别人的胎教是唱着儿歌哄宝贝,而我的胎教说得最多的一句话就是:"宝贝,你老妈可作好了顺产的准备,你要乖乖地配合老妈,要不然,哼哼,到那时我不舒服,你就会更不舒服。"我一边用手摸着肚子,一边威胁肚里的小宝贝。

我说这话的时候,多半像黄世仁向杨白劳要债的口气,不管开始她是不是在用脚踢我,这时候总会很安静,小脚丫立刻不动了。在我的想象中,就会看到一个光屁股的小宝宝,瘪着小嘴,可怜巴巴地在听我训话。

怀孕 7 个月时去医院做产前检查,医生检查后说我的胎位不正,要做体操进行纠正。动作很简单:屁股翘得高高的,头和胸贴在地面上,做起来就像大白鹅伸长脖子在地上找食一样。我做了两次就没了耐心,于是又开始和宝贝沟通:"臭宝宝,你乖乖地调转一下身子,否则有你好看……"好汉不吃眼前亏,宝贝眼看也没有什么能和我抗衡的,于是老老实实服从了我的"强权",8个月产检的时候,胎位竟然正了。老天作证,我除了和宝贝谈判,就再也没有练过操!

十月怀胎,我严格要求宝贝不能提前出来,也不能推迟出来,不过可以有两天的时间差。

预产期前一天的早晨,宝宝向我发出了信号。我心想:这宝宝可真听话,别的产妇通常要疼上一天才会把宝宝生下来,而我的宝宝就在预产期的日子才有动作,真是太准时了。不知道宝宝是不是被我平时的"恐吓"吓住了,所以没敢让我这当妈的疼上 24 小时,从凌晨 3 点开始到上午 11 点宝宝出生,只让我疼了 7 个小时,我连无痛分娩的针都没用上,临了,乖宝贝又给我这抠门的妈妈节省了 700 大洋打麻醉针的钱。真不愧是我椰风的宝贝,懂得节省每一分钱。

本来作好了在产房打持久战的准备,结果在宝贝的密切配合下居然几个小时就结束了"战斗",以至那些备战用的牛肉干、巧克力都没有派上用场。别的产妇生完孩子就累得睡着了,可当时的我似乎还有很多能量没有释放出来,比在产房外候着的宝哥精力还旺盛。一出产房,我亲自打了几十个电话,告诉各位亲朋好友:我添了一个千金! 因为是顺产,我第二天就能下地行走,小希去医院游泳还是我亲自抱过去的呢。

得意完之后,我总结了一下省钱生宝宝的经验,拿出来和正在怀孕或准备要宝宝的姐妹们分享一下。

1. 首先得有宝宝的密切配合。当然,前提是我的胎教工作做得好,威逼利诱,软硬兼施,无所不用其极。

2. 孕妇身体要好,这是选择顺产的基础。没有好的身板做后盾,我和宝哥可能就得"一颗红心,两手准备",万一自然生产撑不下来,那就得花上3500大洋,还要挨上一刀了。

3. 胆子要大,但心要细,同时要给自己树立信心。

4. 不要怕疼,要坚强。自然生产对孩子、对产妇都有好处。

2. 母乳喂养是最优质的选择

> 　　宝宝出生的第三天，我们一家三口出院回家，我这头高产的"奶牛"也培养成功了，奶水在这一天忽然如潮水般涌来，宝贝吃完了一侧的奶便乖乖睡觉去了，另外一侧还要用吸奶器吸出来。我真恨自己的肚子不争气，瞧，我现在的奶水养对双胞胎都有富余。那时，财迷的我经常和宝哥说的一句话就是："为什么奶妈这个职业现在不流行了？否则我坐月子都能赚钱呢！"

　　"毒奶粉"事件发生后，我在替众多妈妈和婴儿生气、痛恨的同时，也暗自庆幸，幸好小希同学是吃母乳长大的。

　　在消费市场上，我们永远属于弱势群体。作为母亲，我们想把最好的给孩子，但是我们没有办法看清产品，所以一定把自己能够献出来的拿出来——乳汁。

　　我是一个平胸的女人，就像那个笑话里说的，俺胸前有两个鸡蛋，还是煎荷包蛋，不过俺可是一头高产的"奶牛"哈。介绍一下我的"奶牛"经验给大家。

　　首先是要坚定信念，一定要相信自己能够分泌足够的乳汁喂养宝宝。旧社会，妇女们吃糠咽菜都能喂孩子，顿顿都离不开大鱼大肉的当代孕妇，还会比不上旧社会？另外，我认为需要母乳喂养的一个重要理由就是奶粉太贵了，一桶好奶粉要百八十块，一个月要吃掉好几桶，真是不划算。

所以,在怀孕期间,我就仔细研究了一下成为一头高产"奶牛"的种种方法。怀孕期间,乳房的膨胀速度较快,一度让我比较得意,终于摆脱了 A cup 时代了,可没等得意多久,肚子开始显著增大,镜子中的我竖看猪八戒,横看癞蛤蟆。怀孕晚期的时候,我便细心做好乳头的清洁工作,防止乳腺管被堵。

小希一落地,我这头"奶牛"立刻就上岗了。书上说尽快出奶的办法就是让宝宝一出生就要吮吸母乳,并且不能让她太快接触牛奶,否则吃牛奶太容易了,便不肯费力吸妈妈的奶了。于是,宝贝刚生下来,我便让护士抱到我的身上,让她吮吸我的乳头,可惜这小东西太柔弱了,嘴巴挨着我的乳房还抬不起头,她费了好大的力,还是没办法,于是护士抱开她,说等回病房再试试。

回到病房后,在医生指导下,我开始哺乳,每次都看到宝贝费力地吸,满头大汗,吸了一下又松开,哭一阵,然后又吸,又松开,再哭。这个小家伙为了填饱肚子,全身都在用力啊!什么叫"连吃奶的力气都使上了",看看小希吃奶就明白了。

这时候,我的奶水并不多,小希睡十几、二十分钟就要找"奶源"吃一下,又累又急,边哭、边吃、边睡。我丝毫没有奶涨的感觉,很担心小希除了吸到空气什么也吃不到,挤了挤乳头,还好,发现能挤出点儿乳汁。

备好了一小袋奶粉,老公到了第二天才泡了点儿,但也没让这小家伙顺顺畅畅用奶瓶吸,而是用吸管吸一小段奶,然后滴入宝宝的小嘴里。小希的小嘴张得大大的,吃到的奶只能润润嗓子眼,老公和我看着她吃都觉得好累。我们在她出生的第一天,就用铁的事实告诉她:人生最重要的事——吃,也不是那么容易的。小家伙嗯嗯啊啊的,觉得这样吃饱一顿比吸妈妈的奶还要费事,于是放弃了吃奶粉,执著地吃母乳了。

后来,她睡在我的身边,只要"奶源"稍稍离开她的嘴巴,必定像小猪一样"嗯嗯"地叫个不停。这时候是新妈妈最痛苦的时候,奶水不多,和宝宝磨合还不够,宝宝吃奶费劲,乳头都被宝宝吮烂了。我那时候给小希喂奶,就是瞄准她张开的嘴巴赶紧塞进去,否则被她急急忙忙的嘴巴乱拱,吮吸到烂的部位会疼得钻心。

各位要做妈妈的同学们,一定要让宝宝吸母乳,忍着痛,让宝宝多多吸,开奶要早,不要太早给孩子喂奶粉,特别不要给他喂太多,如果吃奶粉轻松的话,母乳就没有什么吸引力了。而母乳一旦缺少孩子的吮吸,便会渐渐消退。不要担心孩子一开始吃不够奶会挨饿,他们出生的时候从母体里带出来的养分,足够他们支撑好几天呢。

宝宝出生的第三天,我们一家三口出院回家,我这头高产的"奶牛"也培养成功了,奶水在这一天忽然如潮水般涌来,宝贝吃完了一侧的奶便乖乖睡觉去了,另外一侧还要用吸奶器吸出来。我真恨自己的肚子不争气,瞧,我现在的奶水养对双胞胎都有富余。那时,财迷的我经常和宝哥说的一句话就是:"为什么奶妈这个职业现在不流行了? 否则我坐月子都能赚钱呢!"

母乳喂养的好处不多说了,在"毒奶粉"事件后,我一个劲儿地庆幸俺的奶水可不会加三聚氰胺。关于"毒奶粉"事件,我已出离了愤怒,这些所谓的"行业潜规则"已经祸害到我们的婴儿头上了。我不知道这个世界上还有什么可以值得信任,难道钱真的那么重要,重要到可以无视人的生命吗? 愤怒之后,我只有悲哀,作为母亲,都希望能尽最大的努力给孩子奉献出最好的东西。给孩子买了最好的牛奶,所以追求品牌,不考虑价格,没想到依然是错。

别的不多说了,在这里表一表我这头"奶牛"的"饲料"吧,也许会对各位准妈妈有所帮助。

喝"催乳汤"不宜过早,也不宜过迟。民间常在分娩后的第三天开始给产妇喝鲤鱼汤、猪蹄汤,这是有一定道理的。它既能为分泌大量乳汁作好准备,又可使产妇根据下乳情况随时控制进汤量,乳汁少可多喝,乳汁多可少喝。

吃的方面,我首推米酒冲蛋,甜津津,又不油腻,糯米酒顺气通乳,鸡蛋补血,从小我就喜欢吃,甚至在生孩子之前几天就开始吃了。如果自己家里有人会做糯米酒,在生宝宝之前就要准备好了,放点儿黑糯米酿糯米酒,加点儿枸杞,又补气血又能发奶。糯米酒冲蛋的时候也可多放一点儿红枣、枸杞、桂圆,这样能"一物多补"。

什么黄豆炖猪蹄、木瓜炖猪蹄，这些都可以发奶，一定要多多吃。如果担心油脂过高会长胖，有一种办法可以避免：等凉后放冰箱里，待猪油冻在上层，刮掉，然后加热再吃。还有一个办法比较简单，在家里准备一大堆吸管，喝汤就用吸管吸，注意不要烫到嘴巴，这样就既能喝到养分又不会吃到脂肪了。

蒸鲫鱼也是我推荐的一种发奶食品。鲫鱼要小，古话说"大鲫鱼养身，小鲫鱼发奶"，鱼肉蛋白质含量高，肉质鲜嫩味美，对孩子的大脑发育特别好，又不会让新妈妈长胖，这道催乳偏方注意不要放盐。

豆浆也是好东西，新妈妈可以当水来喝。每天打上一大壶，从早喝到晚。另外，建议姐妹们这个时候要多吃黄豆、红豆、黑豆类食物，补血还强肾。

夜宵嘛，可以吃点儿木瓜炖鲜奶，以奶补奶，还可以丰胸，宝宝断奶之后，乳房不至于缩水得太厉害。

如果奶水哗哗地流，不想浪费，可以用来做面膜，这可是当年慈禧太后的美容秘法。还可以给小宝贝洗脸，据说这样会使宝宝的皮肤变得更加白皙、细腻、光滑，一般人我还不告诉她呢！要是还用不完，就给孩子他爸喝，这是好东西，千万不要浪费了。还可以挤到塑料瓶子里，然后放进冰箱冷冻，可以保存比较长的时间。冻的时候最好用100ml左右的瓶子装，大概刚好够宝宝一次的食量，吃的时候，解冻加热后装到奶瓶里，宝宝就可以在妈妈上班不能回来的这段时间继续享受母乳了。注意一次解冻一瓶，不能解冻太多，因为一经化冻，细菌就会成倍增长，再冻的话质量就远远不如当初了。

哺乳期的妈妈们，一定要忍住别吃油炸食品，那些花椒、胡椒、桂皮等辛辣伤津液的作料也不要沾染。这个时候，你的首要任务就是要保持胸前充足的"奶源"，如果没有足够的津液、血气，你的奶水就不能生化而来。新妈妈最好的食品就是汤汤水水，口味重的妈妈可能会觉得这样的饮食很难适应，但是我要告诉你的是，只要你坚持吃清淡口味的汤汤水水，不仅能保证宝宝的"食堂"24小时营业，还可以让当妈的有水润、滑嫩的好皮肤。

3. 穿百家衣的孩子有福气

百家衣的队伍逐渐发展壮大,把我们周围的亲戚、朋友都吸引过来了,大家互相交换着小衣服、小裤子、小袜子、小裙子,甚至连婴儿床、学步车、各种小玩具都轮流使用。大家的孩子年龄只差几岁,这样换衣服穿就可以穿到孩子小学毕业呢!

下班了,提着一大包给小希的宝贝回到了家。小希探出小脑瓜,脆生生地说:"妈妈回来啦!"看到我手上提的大包包,跑过来好奇地打量:"这是什么呀?""这是给我们小希宝宝的衣服呀。"小希一听是给她的,眼睛早乐成一条缝:"我看看,我看看……"看样子小希同学果然没有泯灭臭美的天性啊,女生,我是女生……

小希拉出一条小裙子在身上比画:"妈妈,这条裙子好好看!"又翻出一顶小帽子:"妈妈,这个帽子我也好喜欢!呵呵,妈妈真好,给我买这么多漂亮衣服!"

这个小丫头片子!我坐在沙发上暗暗地乐,婆婆走过来看看这些衣服,回头冲我会心地一笑,看着小希还在埋头翻宝贝,婆婆拉着我到厨房悄悄说:"又是同事孩子的衣服?"我点点头,婆婆眼睛里闪动着感慨,欣慰地说:"要得,要得,你们这些城里的娃娃也晓得穿百家衣的好处哦,和我们那时候一样。"

这是咋个回事儿咧? 说来话有点儿长,听我细细道来。

早在刚结婚还没打算要孩子的时候,就经常看见办公室里的妈妈们聚在一起,那时候我和她们还没什么共同语言,只是看见她们小声说、大声笑,时不时还互相送一大包东东,蛮好奇的。

等到我和大家宣布"我怀孕啦"之后没几天,就迅速和那些早已做妈妈的姐姐们拉近了距离,她们开始是七嘴八舌地教我如何保胎、养胎,慢慢大家越聊越多,就说到了怎么养孩子最经济实惠。一开始,她们还担心我比较"讲究",样样都想给小宝贝用最好的,后来发现我在算计花钱方面比她们还精细,是个实实在在过日子的人,于是乎放心大胆地把我发展成了"百家衣会员"。

一天早上,刚到办公室没多久,一个当了妈妈的同事就问我:"还有两个月就到预产期了吧? "

我摸着瓜一样的肚子,幸福地点着头:"是啊,小家伙还很乖呢! "我成天对她威逼利诱,她想不乖都难!

"小宝贝的衣服都准备好了吗? "另一个当了妈妈的同事问。

"哦,差不多啦,买了一些,我婆婆给做了几件,还有亲戚送的,怎么也该够了吧? "

"哎,现在的小孩子真是幸福,哪像我们小时候呀,都是捡哥哥、姐姐的旧衣服穿。"

另外一位插话说:"不过,听老人讲,这样长大的孩子有福气,是个说法的,叫'百家衣',是好事。"

我听到这儿心中一动,隐隐觉得她们好像是说给我听的,也接着她们的话茬儿说:"我觉得小孩子穿什么都无所谓,小孩子哪里懂呀,只要穿上干净、舒服就好。我倒是想让我们宝贝穿百家衣呢,可是我们家亲戚里有小孩子的少,想要也没有呀! "

几个"过来人"笑着对视了一下，异口同声地说："我们有呀！"

原来，早几年前，她们之间就约好了，自己孩子穿不了的小衣服留着给别的小孩子穿。小孩子身体发育得快，常常几个月就得换一批"行头"，很多衣服还没穿旧就已经穿不下了，时间一久，家里堆积了很多七八成新的小衣服，穿又没法穿，扔又不舍得扔，左右为难。于是，这几位同事自发地交换着家里的这些剩余物资，本来大家的关系就很好，互相知根知底，谁也不嫌弃谁。这不，我也成为百家衣新会员啦。

慢慢地，我们的队伍发展壮大，把我们周围的亲戚、朋友都吸引过来了，大家互相交换着小衣服、小裤子、小袜子、小裙子，甚至连婴儿床、学步车、各种小玩具都轮流使用。大家的孩子年龄只差几岁，这样换衣服穿就可以穿到孩子小学毕业呢！

最让我惊喜的是，婆婆知道这件事后，居然举双手赞成，连连夸我有"传统思想"！

我大略算了算，这样几年下来，我们家小希在穿衣上就至少能节省几千大洋呢！把这钱投资到教育经费里，不是更加划算吗？

4. 给孩子治病也要"抠门"

> 现在的孩子有点儿小病就得上医院，一去医院就要输液，用药必用先锋，抗生素越用越高级。可叹我们家长平时省吃俭用，这个时候都捐给医院了，有时候，好心的医生照顾咱们，给开点儿便宜药，家长们却惯性使然，反倒会担心医生没用心给自己的孩子治病。

看到题目，估计很多妈妈要拿板砖拍我了，我很犹豫还写不写这一段。但是转念一想，这毕竟是我省钱养乖女的一个重要环节，还是不能忽略的。而且我认为，现在的孩子不是受的宠爱、关注太少，而是相反，他们占有的"资源"太多了。小孩子有个头疼脑热的小毛病其实很正常，不正常的往往是家长，我们常常先是自己乱了方寸，把一些小问题大而化之，其后果就是把自己变得很无知、很无能，过分地轻信医生、依赖高价药物。想想我们自己小的时候，感冒吃点儿药，最多打打青霉素也就好了。现在的孩子可好，有点儿小病就得上医院，一去医院就要输液，用药必用先锋，抗生素越用越高级。可叹我们家长平时省吃俭用，这个时候都捐给医院了，有时候，好心的医生照顾咱们，给开点儿便宜药，家长们却惯性使然，反倒会担心医生没用心给自己的孩子治病。结果弄来弄去，我们的孩子都成了试验新药的小白鼠了。

闲话少叙，还是来说说我是怎么"抠门"的吧。

有一次小希同学感冒了，流鼻涕，还有点儿烧，精气神儿也不比平常，有点儿像霜打了的茄子，看得我揪心。早上，我看了看她的舌苔，淡红的舌头上厚厚一层白苔，凭我毕生的中医知识，初步断定是受了寒。生姜是驱寒的常胜将军，于是我下厨给小希熬了一碗姜汤。

可是这个"小祖宗"嫌姜汤不好喝，于是，我把姜汤改成了蛋花汤，可是小希这家伙还是用小手把嘴巴捂得紧紧的，死活就是不喝。任我怎么威逼利诱，也撬不开她的嘴。

别看我平时凶巴巴的，可是孩子一闹起病来，我的心就软得比豆腐还不如。这个时候就不敢太责怪小希，怕孩子再着急上火，所以她不肯喝汤我也不好强迫，只好另寻他法。我试着和她商量用热水泡脚，这个方法简单易行，还没有副作用，关键是她也不怎么抵触。可能我家宝贝也看出来了，她要是还不肯"就范"的话，她妈妈我也就黔驴技穷了，后果只有一个——去医院，所以她勉勉强强、哼哼唧唧地答应了。

商议已定，我又开始忙活了。先是烧了一锅开水，又找来一个大水桶，冷热水兑成 50 度左右，小希在一边瞪着眼睛看我忙活，一脸恐怖的表情，好像我要把她煮了似的。一切准备停当，我抱过小希放到小板凳上，试过水温觉得还好，就一边温言软语地赔着笑，一边把她的"小猪蹄"摁到了水里，一直没过小腿肚。可能因为她还不太适应水温，刚一下水，小家伙又是皱眉又是抖脚，一双小脚丫蹭地提起老高，嘴里还叫道："好烫！"

我知道她是故意"表演"给我看，不想再由着她拖时间把水弄凉，于是又把她的小脚丫摁回到水里，同时凶相毕露地说道："不泡脚，就去打针！"一听这话，小希立马变乖，不再反抗了。过了一阵，适应了热水的温度之后，她反倒开始享受泡脚的乐趣了。

估摸着水温降得差不多了，我摸了摸小希的后背，有了细密的汗珠，我知道效果已经显现，可以歇一会儿了，否则再泡下去就成了冷水泡脚了。这回我又不得不强行把小希的脚丫子从水里拎出来，她这会儿玩水正在兴头上，还不愿意出来呢。帮她擦干了脚，我这老妈子趁着热乎劲开始给她做按摩，主要是按摩脚心的涌泉穴。按摩舒服了之后又泡了点儿强必林给她喝。以我的经验，小孩子感冒发烧多半是有炎症，强必林是小孩常用的消炎药，对于一般的炎症都比较有效，而且副作用不大。因为强必林是水果味的，所以小希这回很痛快地把它当果汁喝下去了。接着，我又给她泡了午时茶颗粒冲剂喝，主要是起抗菌消炎的作用，还有镇静作用。

吃了药之后，安顿小希睡了一觉，看着静静睡着的小宝贝，我却安生不下来，像哨兵观察敌情一样，一会儿摸摸她的额头烫不烫，一会儿试试她的鼻息热不热，比热锅上的蚂蚁强不了多少。到了晚上再试时，小希的热度还没有退。我又赶紧买了正柴胡冲剂，这个药的口味可不比强必林，但是在我的高压手段之下，小希还是哭哭啼啼地吃下去了。接着，继续给她泡脚，仍然吃强必林。

第二天，小希的热度终于开始下降了，但仍在低烧。我心里有点儿惴惴不安，但还是坚持自己的方法，只是更加密切地观察宝贝的反应。果然，到了下午，宝贝的精神头终于好起来了。到了晚上，居然又恢复到了以前狗都嫌她闹的状态了，我心里知道我的办法对路了。

第三天，小家伙彻底退烧了，但她吃药却吃上了瘾，开始自己找药吃，拿出午时茶和强必林，郑重其事地对我说："妈妈，我吃这两个药，不吃那个药。"她指着正柴胡颗粒嘟着嘴，原来她把午时茶和强必林当成糖水了。

虽然小希已经没有了症状，但我还是应她的要求给她吃了午时茶和强必林，为的是巩固一下疗效，不要出现反复。到了晚上再看她的舌苔，已经渐渐由厚转淡，我就停了其他两个药，只让她继续吃午时茶。

小希病好之后，我大概合计了一下，如果我不是沉着冷静地用自己的办法给她治，而是直接送小希上医院的话，这点儿毛病没有 300 块大洋肯定不能完事，而我自己买药只花了 20 多块钱就搞定了。孩子少遭了不少罪，大人也不辛苦。

当然，这一切都要有个前提，那就是当妈的首先要有这方面的知识。虽然小希在这次生病过程中一直发烧，让我很忐忑，那是因为情急关心，实际上我对自己的手法还是很有信心的。如果你要是觉得自己的能耐和三脚猫式的江湖郎中差不多，那还是趁早带孩子上医院的好。还有就是，不管上不上医院，在孩子生病的时候，当妈的宁可不睡觉也要多观察孩子的情况。多注意孩子的精气神儿怎么样，睡觉安稳吗？呼吸匀不匀？鼻息热不热？另外再多说一句，有了孩子之后，为人父母的兄弟姐妹们平常有空最好多积累点小儿防病、治病的常识，一来可以防患于未然，在生活起居上就避免孩子得病；二来孩子万一有点儿头疼脑热的小毛病，在家里就可以及时医治。这么一来，省钱倒在其次，最重要的是能够让孩子少跑医院，多休息静养，同时也少了一些医疗风险。当然，这话要是让医生听到就不乐意啦，但话糙理儿不糙。

随着小希渐渐长大，我越来越发现，父母调理的饮食、抚养孩子的方式会在一定程度上影响着孩子的体质。比如，为了增强孩子的体质，我会经常带小希去游泳，同时，为了防止游泳着凉，我回家就给她喝姜汤，或是用热水泡脚。我们家的小希，现在被我调理得连感冒发烧这样的小毛病都很少有，刚有点儿打喷嚏、流鼻涕的小苗头，我就如法炮制，她也很配合，小症状立马就消失不见了。而且小希也开始相信姜汤的力量，肯乖乖地喝了，冰雪聪明的她，当然知道喝点儿苦药水总要好过被医院的白大褂扎针。

很多时候，我就是采取这样的方式调治孩子的小毛病。有时，即使上了医院也只是验一下血，如果没有问题，我会连药都不开，自己回家给宝贝治病。我一直都有这样一个信念：父母是孩子最好的医生。孩子的健康就掌握在父母的手心里，当爹妈的多一点儿观察，多一点儿耐心，再多一点儿狠心（不要怕，孩子只有经历风雨才能长大），我们的宝贝一定会健健康康地长大。

5. 培养财商,许孩子一个美好未来

> 和我一样,很多家庭都担心孩子不会管钱,怕孩子手里有了钱会花销无度,甚至是犯错误,所以谈论金钱时有意避开孩子,也很少让孩子自己掌管零花钱。这样做的后果就是,孩子对金钱完全没有概念,只知道要花钱就伸手,有钱就花光,长此以往,你让他如何能正确对待钱财呢?

现在的小孩子,不会再经历我们小时候的那种贫乏岁月,虽说不能买星星买月亮,但只要不是太奢侈的玩具,现在的家长基本都舍得给自己的孩子买,而孩子也就不太能体会到金钱的来之不易。小希同学就从来不会考虑家里的钱袋子是肥还是瘦,张嘴就是:"妈妈,我要《虹猫蓝兔七侠传》的手表。"买了手表之后,没安生两天,又说道:"妈妈,给我买公主的鞋子。"鞋子刚穿上脚,小家伙又开始嚷起来:"妈妈,我还没有公主的袜子呢。"

小丫头片子,当你妈是开杂货铺的老板娘吗? 我发现事态不能再这样发展下去了,便正色告诉她:"妈妈没有公主袜子。"

"那我们去超市里买嘛!"三岁多的小希还知道这些东西都是商店里的,不是自家长出来的。

"没钱!"被逼到这个份儿上,我就有点儿"痛恨"眼前这个视金钱如粪土

的小希。手里刚有点儿钱,她就急着要帮我花出去。

"你有嘛,有嘛,有嘛……"小希开始念紧箍咒了,真当我是自动提款机了。

后来我意识到,是我对小希同学的要求太不讲原则,有求必应、一味迁就,才导致了她这种花钱如流水的态度。我之前的纵容,给她造成的印象就是:只要她想要的东西,就一定能得到,而且不费吹灰之力,失去当然也不觉得可惜。这显然对她、对我、对这个家都不是一件好事。体会不到赚钱的辛苦,自然就不知道金钱的来之不易。而且,孩子越长越大,她的"欲望"也越来越多,我可真是体会到了什么叫欲壑难平了。这时,表姐的育儿经验给我了一点儿启示。

表姐是做生意的,对钱的流进、流出一向视若等闲。对她的宝贝儿子诚诚,她更是大方得不用提。我以为在花钱这件事上,诚诚较之小希只会有过之而无不及,没想到和他们娘俩一起出去玩了几次,却发现小小年纪的诚诚,在合理调度金钱方面远远胜于我这个大人。

有一次,我们去看马戏表演,有一个互动游戏,收费是这样的:和戏团里的动物们合影收 20 元,骑马绕场走一圈收 30 元。我想都没想就买了三张合影的票给三个孩子。诚诚拿到票之后立刻找我商量:"小姨,咱们要是买 30 元的票,既能骑马,又能合影,相当于起了两个作用,比单合影强多了,还是换骑马的票吧。"我一听之下如醍醐灌顶,马上照办。换票之后,三个小朋友骑上大马绕场一周,我们在场外咔嚓、咔嚓不停地拍照。一圈下来,留下了他们千姿百态的笑脸。事后算起来,这种方式真是便宜了许多。如果仅仅是和动物合影的话,我敢肯定小希同学一定又会提出骑马的要求,30 元的骑马票肯定还是省不了的。而诚诚的一句提醒,里里外外给我省下了近一百大元。

还有一次,诚诚要买辅导书,表姐给了他 100 块钱让他自己去柜台买。我们坐在一旁歇脚,我远远地用眼睛瞄着诚诚,想看看他怎么花钱。只见诚诚直奔柜台,仔细挑选了几本辅导书后便干脆利落地直接买单。在付款的时候,我看到款台旁边摆着很多促销的笔和玩具,对小孩子来说都是相当有诱惑力的,但诚诚却熟视无睹,像个小大人儿似的拿了书和找零的钱,一点儿都没有犹豫就回来了。我不由暗自纳闷:这孩子怎么有这么强的自律性?一般的孩子都很少能做到,更何况是零花钱一向很充裕的诚诚?

我向表姐夸赞了诚诚一番,表姐一脸得意地说道:"你不知道,诚诚很有生意头脑,我们出去买东西,他从来不会当着店主的面和我要东西,怕对方抬价,常常是偷偷地告诉我,让我去讨价还价一番给他买回来。如果我给他分析说这样东西不值得买,他也很听从我的意见,很少在买东西上和我闹脾气。"

我越听就越奇怪:"诚诚不过一个小孩子,怎么能有这么强的自律性?"

表姐说:"其实,我和你姐夫也没有在这方面刻意培养他什么,只是在谈论生意的时候,从不回避他,他自己也愿意听一听、看一看、想一想。最重要的是,我们估算了一下他平时的开销,按月给他一笔零花钱,让他自己计划着买自己想要的东西,然后再定期问问他零花钱是怎么花的。如果钱花得恰当、正确,我们还会给他一点儿奖励。如果他早早就把当月的零花钱花完,我们一般也不会预支或者援助他,而是让他自己想办法等到下个月。"

要想让孩子学会理财,就必须先让他接触到钱。听了表姐的一席话,我忽然明白了这个道理。和我一样,很多家庭都担心孩子不会管钱,怕孩子手里有了钱会花销无度,甚至是犯错误,所以谈论金钱时有意避开孩子,也很少让孩子自己掌管零花钱。这样做的后果就是,孩子对金钱完全没有概念,只知道要花钱就伸手,有钱就花光,长此以往,你让他如何能正确对待钱财呢?

明白了这个道理之后,我开始着手改造小希的"金钱观",确切地说是改造我自己对孩子的财商教育,总结下来,大概有如下几点:

1. 按月给小希一笔零花钱(当然还是我们替她拿着)。一开始的时候,我们每天给她记一次账,如果当天花费合理,记一朵小红花,三个月集够70朵小红花就奖励50元。大概过了小半年的时间,我和宝哥不约而同地发现,小希像以前那样"狮子大开口"地和我们要东西的次数越来越少了。我们不禁暗自窃喜。

2．如果小希在每月的零花钱用光之后还有额外开销，我和宝哥就视情况而定，鼓励她通过帮我们做家务，自己赚钱。我给她的劳务标准是：帮妈妈洗碗一个一毛钱，倒垃圾一次三毛……

3．过犹不及，别让孩子成为小财迷。在培养小希靠打工赚钱的过程中，还有个小插曲。小希有一天突然提出要给我和老公捏背，而且开价就是一分钟两毛！在为女儿的财商进步如此之快而偷着乐的同时，我们也不由得暗暗地捏了一把汗：要是我们一手栽培起来的这个小财迷养成了习惯，凡事必以金钱开道的话，那我和宝哥岂不要……想到这儿，我们夫妻俩众口一辞，给她当头棒喝——捏背、倒洗脚水、递毛巾之类的活，纯属亲情奉献，不能以金钱论价！被我们左右夹击地训了一通之后，小希的财商又高了一大截：原来金钱也有不好使的时候！

说了这么多，其实也无非几句话：我们之所以要煞费苦心地教育孩子学理财，搞启蒙，倒不是要把小希培养成未来的巴菲特或索罗斯，我们只想让她明白：喜欢钱未必庸俗，鄙视钱未必高尚；金钱仅仅是通往自由世界的一个手段，而不是结果；如何用好金钱，才是我们应该追求的目标。当然，这些大道理，她要长大后才会慢慢明白。

6. 做母亲，不要做母鸡

孩子的成长需要亲人们爱心的浇灌。同样，把亲人的爱根植在孩子的内心，让他的小小心灵里也开出仁爱之花，他才会在人生的道路上走得更远、更稳。所以，家长在给孩子们最好的物质享受的同时，更应该多想一想，如何培养他的仁爱之心。

大文豪高尔基曾说过："爱孩子，那是连母鸡也会做的事，而真正要教育他们则是一件大事了。"成为一个母亲之后，我对这句话真是深有体会。自从有了小希，看着这个粉嫩粉嫩的小娃娃一天一天长大，我对她的爱也在一天一天地增长。在我的世界里，她的呢喃就是最悦耳的音乐，她的笑脸就是最美丽的花朵。下班回家，我最爱将她小小的、软软的身子拥进怀里，感觉着她身上稚嫩的气息，所有的辛苦劳顿都烟消云散。都说是母亲把孩子带到了这个世界，但我觉得是孩子使母亲的人生有了更多的欢悦和欣喜。

作为母亲，我愿意尽我所能，奉献最多、最好的东西给小希，恨不能让她享尽人间的一切美好。可是扪心自问：这就是孩子真正需要的吗？最贵、最好的东西真的就能表达我们对孩子最深切的爱吗？

我曾经有一段时间很忙，忙得无暇顾及小希，为了减轻我对孩子的愧疚，我就不停地给小希买玩具，芭比娃娃、白雪公主、小钢琴……几乎是什么贵就买什么，买回来就丢给小希，让她自己一个人玩，但小希似乎对这些并不感兴趣，总是喊着"妈妈，妈妈陪我玩"。被琐事弄得焦头烂额的我，这个时候往往是不耐烦地把她晾在一边，然后一头扎进事务当中埋头苦干。小希也只能委屈地撅着嘴巴一个人玩了。那些小玩具带给她的新鲜感不到两天就没了，纷纷被她抛到一边不再问津。倒是有一天，我们一家三口忙里偷闲地玩了一会儿小皮球，小希咯咯乐得像个小母鸡，在我和宝哥之间跑来跑去传皮球，满身是汗，开心得小眼睛眯成了一条线。后来，这个旧旧的小皮球成了她最喜爱的玩具之一。

稚嫩的童心是没有功利色彩的，在他们眼中，妈妈投来的旧皮球要胜过橱窗里价格不菲的高档玩具，因为那个皮球承载着妈妈浓浓的爱和关心。明白了这一点之后，我就开始修正自己的观点和言行。此后不论多忙，我和宝哥都会抽出周六一个下午的时间给孩子，我们把它定义为"亲子时间"。在这段时间里，我们两个人都是属于小希的，陪她做老师教的游戏，听她说幼稚园里充满着童真的故事，她咯咯的笑声时不时在房间里响起，我的心像浸在了蜜罐里。人世的算计、世俗的牵绊在此时都被涤荡得干干净净，整个人也在无邪的孩子面前变得柔软而沉静。虽然在这个过程中，作为父母的我们要付出一定的时间和耐心，但是孩子带给我们的快乐、幸福，却是任何其他事情都无法取代的。

诺贝尔文学奖得主米斯特拉尔曾经说："孩子的未来正在养成，我们需要的许多东西都可以等，但孩子不能等。现在，他的骨头正在成长；现在，他的血液正在制造；现在，他的心智正在发展。对他，我们不能说明天，他的名字叫今天。"孩子的成长只有一次，父母对孩子的成长负有最大的责任，没有一个家长不是望子成龙、望女成凤的，如何教孩子是我们共同的话题。培养孩子，没有多快好省，只有耐心和细致，不要把宝贵的时光浪费在无谓的应酬和功利的追求中，多拿出一点儿时间陪孩子，给他们说说大人们的故事，听一听孩子天真的想法，要让孩子在快乐的生活中懂得人生，成长为一个对社会、对家庭有用的人。

在我还是个风花雪月的文学青年的时候，曾经看过这样一个故事：

　　从小,妈妈就把鸡腿、鸡翅膀、鸡脯肉给儿子吃,自己只吃鸡头、鸡屁股。儿子有一次问道:"妈妈,你为什么不吃鸡腿啊?"妈妈乐呵呵地说:"我就喜欢吃鸡头、鸡屁股,不喜欢吃鸡腿。"孩子信以为真。吃着鸡腿、鸡翅的儿子渐渐长大,也有了儿子,妈妈成了婆婆、成了奶奶。有一次,家里炖了鸡,儿子给妈妈添了鸡头、鸡屁股,一边添一边对自己的儿子说:"记住了,奶奶就喜欢吃鸡头、鸡屁股。"这时候的奶奶,心中满是辛酸。

　　孩子的成长需要亲人们爱心的浇灌。同样,把亲人的爱根植在孩子的内心,让他的小小心灵里也开出仁爱之花,他才会在人生的道路上走得更远、更稳。所以,家长在给孩子们最好的物质享受的同时,更应该多想一想,如何培养他的仁爱之心。一味地给予孩子最好的,也许会让孩子丧失了关爱别人的能力,同时也会在无形中缩小了自己的生存空间。

　　被誉为我国历史上"开眼看世界第一人"的林则徐,在教育子女的问题上同样显示了他远见卓识的一面,他曾经说过:"子孙胜于我,留钱有何用?子孙不如我,留钱有何益?"以此立诚,提醒自己教育孩子做事之前先学会做人。中国古代的历史上更是不乏"孟母三迁"这样的典范和楷模。只是我们这些一心忙于赚钱的现代人,被生活的浮躁蒙蔽了双眼,失去了应有的理性,如果我们能够适时反省、修正一下教育子女的方式,无疑将是孩子甚至是我们国家的幸事。细想,教育孩子虽然事关重大,却也不是什么千难万难的事。以我个人的心得,不论你将来想把孩子培养成什么样的栋梁之材,都要从基础教育做起,即首先让孩子学会做人。

　　1. 培养他们吃苦耐劳的品德,让他们知道一分付出一分收获。

　　2. 让他们明白人生的意义不只在于索取,也要学会奉献。

　　3. 学会正确处理人际关系,在人群中有立足之地。

4. 学会思考,学会生存的本领,为自己赚得财富。

5. 培养乐观的心态,无论有多少困难,始终能不屈不挠地面对。

别忘了,再好的物质享受都是有限的,也都是一时的,有时甚至还会害了孩子。最好的爱应该是让孩子学会自己去创造财富和机会,这才是父母留给儿女最好的东西!!!

优雅小主妇私密互动

Annaxinxin:看到椰风对小希同学的教育方式,我从内心觉得椰风是个能做大事的人。现在的很多父母愚昧无知,认为一个劲地宠孩子、惯孩子就是爱孩子,孩子会因此而回报父母的恩情。可父母们不知道,其实这样下来,孩子到最后最看不起的人就是自己的父母。因为你对他的好,他觉得全是应该的。这种孩子没有经历过挫折和磨难,什么事情都会依赖父母。如果遇到困难,父母不能解决就会恨父母、怨父母,我身边这种例子太多了。所以,爱孩子要爱在点子上,明白什么是对孩子有益的,什么会害了孩子。爱孩子就应像椰风一样理智地面对孩子的教育,而不是冲动的、无原则的、按照自己的欲望和私心来爱孩子,这也给我今后教育孩子树起了榜样。我会让孩子学会遇到问题要自己动脑筋来解决,不要想着依靠父母;什么事情要说到做到;做一个有原则、有责任感、有爱心的人。我觉得为人父母,还是要不断地提高自身素质,多读书,多充电,自己的素质提高了,孩子才会知道怎样向父母学习,因为父母就是孩子的第一任老师。

7. 70分的宝宝,70分的妈妈

> 我一直都觉得,教育孩子是一场马拉松长跑,我们不必强求孩子拿金牌,能坚持不放弃地奔向终点就算是最大的胜利。我不要求小希成龙成凤,只要她能一直快乐、平安、自立,我的教育就是成功的。70分的宝宝,70分的妈妈,快乐才是最主要的。

小希同学现在已经是幼儿园中班的学生了。在幼儿园里,她并不是表现最出色的小朋友,很少看她带一朵小红花回家。我每次上幼儿园开家长会,询问小希同学表现如何时,老师总是迟疑半晌,实在想不出她有哪些特色,只好说:"挺好挺好,和小朋友在一起玩得挺开心的。"

其实说起来,小希想表现"出色"也难啊,我这个懒妈妈直到几个月前才给她报了一个学舞蹈的兴趣班,还"三天打鱼两天晒网",加起来还没有超过6堂课。至于其他小朋友参加的什么英语班、算术班、钢琴班,我连想都没想过。在家里,我做的最多的"功课"也不过是给小希讲讲睡前故事,教她认识中国汉字的同时告诉她一些做人的道理。我觉得,这样的家庭教育对一个五岁孩童来说已经足够了。

在我看来,对于小小的学龄前儿童,最重要的是玩、是开心,就像老舍先生说的,他最看不得小孩子老气横秋说大人话,每每看到有小孩子这样,便想哭。

我也认为小孩子就是要天真烂漫，真的没有必要让他们在小小年纪就行走于各种课堂间。所以我拒绝跟风让小希去学这个、学那个。况且，这些课程费用贵得惊人，动辄几千大洋，还不见得能学到什么东西。我的宗旨是让小希多接触大自然，多接触同龄人；首先培养她的观察能力和沟通能力。随着慢慢长大，她就能够通过观察知道自己对什么感兴趣、想学什么了，到那时再培养她的"专才"也不迟啊。这样一来，可就大大降低错误教育的风险了。

观察小希很久了，我终于明白：就凭我和宝哥的"资质"，是生不出聪明绝顶的小宝贝的。所以，我们也得体谅孩子，不能一味强求孩子一定要成为人中龙凤。于是乎，唐诗宋词，小希同学只会背"锄禾日当午，汗滴禾下土。谁知盘中餐，粒粒皆辛苦"；英语除了"bye-bye"之外，只认得一个"Hello Kitty"；算术，20以内的加减法才勉强不会出错；会唱几首儿歌，还是幼儿园老师教的。

跟好多同龄的孩子比起来，我家小希甚至显得有点儿"笨"，如果要按百分制来打分的话，小希同学最多只能打70分。但想想我这个妈妈，最多也只能算是70分的妈妈，琴棋书画别说样样精通，我连一样都不会。自己都做不到100分，又怎能要求孩子做到100分呢？70分就好了。

我觉得，这70分主要就是孩子的独立性、和小朋友友好相处的能力、思考的能力、良好的生活习惯、尊老爱幼的意识。这些看似很难培养，似乎要花很长时间，其实最难的往往也是最容易的。只要家长能够以身作则、言传身教，在潜移默化中就已经完成了对孩子的教育。

就拿孝敬老人来说吧，无论对婆婆的生活和教育孩子的方式怎样不满，我从来都不会在小希面前唠叨，也从来不会顶撞婆婆。每天早上起来，都要向婆婆问好，每次出门都会和婆婆告别。这些都不消我来教育，小希已经看在眼里、记在心上。在小希一两岁的时候，她和奶奶发脾气，说要"打婆婆"，被我听到，后果是小希同学挨了人生第一次打。打过她的小手心之后，我以从未有过的严肃口气告诉她为什么挨打。自此以后，她再也不敢在奶奶面前有这样的言行了。其他方面我不苛责，但是在孝顺老人这一点上，从她懂事开始，我就要让她明白:这是最基本的一条做人准则。

我一直很信奉成功学大师卡耐基的一句话:"一个人的成功,15%靠他的专业知识,而85%则要靠他的沟通技巧。"所以,我非常注重培养小希与人相处的能力。而我最喜欢的一种带孩子的方式也与这个有关,那就是带小希找小朋友去,让几个孩子一起玩。他们打架也好,抢东西也好,只要没有危险,大人能不干涉就尽量不干涉,让孩子们按照自己的规则或能力去处理,如果真有解不开的疙瘩,我会视情况来决定是否"出马"。但无论怎样,绝不会偏袒小希,更不会冤枉小希。儿童的世界里,虽然还不见得明白什么是"公道自在人心",但是被委屈、被冤枉的痛苦和愤怒,他们肯定是不愿意承受的。我也一直坚信,我们生存的这个世界,公平和公正还是主流的,我绝不能让我的孩子因为藐视公理而沦为一个让人讨厌的人,一个寸步难行的人。

有了这样的准则和想法,孩子们一起玩耍时往往会相安无事。常常是这边孩子一起玩,那边妈妈们一起聊;孩子玩得不亦乐乎,妈妈们聊得不亦乐乎。等到孩子玩累了,我们这些妈妈们也聊够了,结束话题,收拾玩具,各自领了宝贝回家。

说句自夸的话,我和老公两个都属于比较能善解人意、体恤他人的人,所以我们在工作和生活中很容易与人相处。为了培养小希的这种素质,我们有时候会有意地让她吃点儿苦,体会一下大人们的不容易。比如外出时,我们一直都是让孩子自己走路,很少抱着她。一开始,她看着别的小朋友都有爹妈抱着,就哼哼唧唧地也要我们抱。如果看她真的是走累了,我们就会找个地方歇一下;如果发现她只是想"搭便车",我们就会和她讲:"宝宝,你走累了,爸爸妈妈也走累了呀,现在再抱上你,那不是更累了吗?不如我们歇一会儿吧?"时间一长,小希就很少再要我们抱着走路了。有时,看着我穿高跟鞋走路,她还会嚷着说:"小希的脚走疼了,妈妈的脚会更疼,歇一会儿吧。"

我一直都觉得,教育孩子是一场马拉松长跑,我们不必强求孩子拿金牌,能坚持不放弃地奔向终点就算是最大的胜利。我不要求小希成龙成凤,只要她能一直快乐、平安、自立，我的教育就是成功的。70分的宝宝，70分的妈妈，快乐才是最重要的。

优雅小主妇私密互动

Stone_wang：虽然很赞赏椰风对孩子言出必践的原则，但我以为有些规矩对孩子而言未免过于严苛了。小希好像才三四岁，对吧？这个时候对孩子而言，爱比规则更重要些。

先来说说挫折教育。高挫折商是如何炼成的？我以为，不是所谓的挫折教育，而是爱。一个人如何经受得起生活的历练？前提就在于他对自己的信心，这个信心几乎都来源于童年时父母对孩子的无条件的爱，让孩子坚信：我无论如何都是可爱的。有了这个前提，长大后的孩子就会引申为——我无论如何都能挺过去。椰风，其实你自己就是个典型的例子。你面对生活的韧性，让我们每个人都很叹服，那么你不妨问问自己内心深处，是什么让你如此坚信自己一定能熬过去？

至于那些不能承受生命之重的人，我要很遗憾地说，他们多数是受了"假爱"的毒害了。很多人都声称他们爱孩子，真的吗？当他们不顾孩子"自己来"的要求，执意帮孩子吃饭穿衣，牵着孩子的手走路，禁止他们接触一切有一点点危险的东西的时候，他们是帮助了孩子，还是剥夺了孩子从实践中学习、从挫折中成长的机会？这就是"假爱"与真爱的最大区别。

心理学上有个说法，在孩子6岁以前，怎么溺爱都不过分。所谓的挫折教育，6岁以后再开始也不迟，在这之前，更重要的还是让孩子感受到你对她的包容。

不过，我很赞赏椰风"说到就要做到"的原则。我就亲眼见到一个6岁女孩的妈妈，为了让孩子不哭，哄孩子说不打针不打针，结果过一会儿又押着孩子去打针了。那个女孩之后一直不理妈妈，好吃的也不要，一直气鼓鼓地沉默着。孩子是最守信的，教会孩子不守信的，永远是大人。

而传统上那种纯粹让孩子受挫折的所谓"挫折教育",在足够健康的家庭里也就算了,在不够健康的家庭里,则会产生这样的惯性思维:又遇到挫折了,反正我是不行的,干脆放弃了……我觉得,真正的挫折教育应当是这样:给孩子提供适当的挑战,让他们受挫时自己尝试着解决,并最终找到解决办法。经过这样的反复锻炼,他们才会形成一种惯性思维:遇到挫折了,不怕,我能行!

淡若椰风: 你的说法,我认为很对,而且我也在不断反思自己的教育方式。在一次同学聚会上,我的"育儿经"遭到了大多数同学的反对,因为他们认为我这样带男孩子还可以,但是对女孩子来说未免让她"太独立"了,长大后未必是好事儿。

从我国的传统和大家的认同度来说,女孩子要柔要媚,绝不能刚硬,最多也只能外柔内刚。

我的经历使我承受了很多的压力,而我的女儿未必需要承受这么多的压力和责任,但这不是说她就可以不负责任,只是人生没有必要如此沉重。而且我的方式,孩子能够接受多少,她能不能成为我所期望的,我所期望的又是不是最好的……这都是需要思考的问题。

老同学们说的,和你表达的意思是一样的,其实我们做父母的,真的无法左右孩子的未来,我们能做的就是让孩子成长得更加快乐。

不知道大家玩过单杠没有,一开始玩,手掌心很嫩,抓过几次单杠之后,手心就要磨出血泡,一动就钻心地疼。这个时候如果坚持住,继续做下去,血泡破了以后,就会变硬,成为老茧。那时候再怎么抓单杠都不会觉得痛了,但手已经回不到细嫩的状态了。我觉得挫折教育跟这个类似,经历过挫折,心灵打磨得坚韧了,也许就不再惧怕风雨了,但"老茧"还是清晰可见。

人生不也如此吗?经历了种种波折,我们渐渐圆滑,渐渐世故,童真和纯洁越来越远。生活中,只有那些智障的人,才能永远停留在幼时的天真里,可这是一种更大的悲哀。对孩子的教育其实也是在这种矛盾之中。作为家长,无论你希望孩子成长更快一点,还是在成长过程中更快乐一点,这种平衡是我们做父母的最需要掌握的。我相信,爱会让我们做得更好。

第六章

家和万事兴

俗话说，家和万事兴。家庭的和谐是创造财富的基础，和和睦睦的一家人是我们"钱"进路上最强有力的后援。所谓"后援"，不仅仅意味着家庭的财力支持，还意味精神上的支持和鼓励，这会让你永远充满干劲。与你心心相印的丈夫，独立、懂事的孩子，能够理解你并能适时提供建议的公婆，会让你的心中没有任何顾虑。至少，在你真正开始做事之前，不会先被家庭给"打败"。

记住，只要全家一条心，泥土也能变黄金。

1. 把家当做公司来经营

> 公司要成功,必须关注每一个公司成员是否快乐、高效、有力地开展工作。如果有一个员工心生二意,或是"吃里扒外",如出轨、外遇,很容易让这个公司散架;如果有内部员工不合,如婆媳相处如两军对垒,公司的运转也会变得艰难;如果对公司"小开"不加以有效的锻炼、培养,公司迟早要毁在这个"小开"的手上。

如果说俺家是一个小公司,那区区不才的偶就是董事长了,目前这家小公司运作良好。员工偶尔会有些摩擦,偶尔也有争执,但总体良好,本着"日事日毕"的基本原则,一切的分歧能在当日解决的绝不拖到第二天。

当然,俺这个董事长当得并不是十分稳当,有被"篡权"的可能。宝哥认为户主毫无疑问应该是"一家之长",也就是董事长,我自然不敢苟同,虽然房产证上写着他的名字,虽然他的收入高过我,但这只能证明他是这个公司最有业务能力的业务员而已。在家庭重大问题的决策上,我认为自己的意见才是最主要的。

我们夫妻二人时有争论时有妥协,双方的意见在辩论中融会贯通,家庭决策基本上都能达成一致。最后我们发觉,其实家庭的每个成员都应该是公司董事会的成员,每个人所占的股份是相同的,每个人发言权都是一样的,要想公司运作良好,董事会成员之间必须对公司的发展方向达成一致。更重要的是,每个人都是这个公司的一线员工,都要参与业务,都要去干活。

家庭这个小公司是没有办法选择员工的,身为董事会成员的我们也没有办法开除员工,唯一的进出就是娶媳妇、嫁闺女。所以,改造员工才是企业发展的唯一出路。针对不同的员工,或激励或鞭策,要善于发现员工所长,各司其职,各尽其力,形成企业凝聚力。企业有企业文化,家也要形成一种文化,那就是无论赚钱多少,每一个人都是同等重要的。

在我们家这个"企业"里,婆婆算是内勤人员,虽然不能直接对家庭 GDP 的增长贡献力量,但她的功劳不可磨灭。有她在,小希同学上学有人送,下课有人接;家里总是窗明几净;宝哥和我这两个业务员回家就能吃上热乎乎的饭,毫无后顾之忧;而且她用过来人的经历,提醒我们各种人情世故,避开一些旋涡。婆婆一向闲不住,如今从乡村到城里住,不再种地了,觉得自己不能为家赚钱,舍不得让儿女为她消费,对儿女的孝顺她总是觉得太"奢侈"。我总是反复告诉她,她在家中的地位是最高的,也是最有贡献的,有了婆婆,家才像一个家。

宝哥和俺就算公司的主要工作人员,公司主要的经营性收入就靠我们俩了,经营范围比较广泛,只要是合理合法的收入都可以。为了提高公司收入,为争取家庭董事长的地位,我们经常开展业务竞赛,竞争的口号曾经就是:谁赚钱多,谁就在家做主。如今我的收入不到老公的一半,所以这个口号自动作废。

女儿小希,既是这个企业的产品又是这个企业的新生力量,类似于公司的"小开"。暂时看不到她目前对家庭的经济贡献,但在支出上却占了很大的比例,今天要这个,明天要那个,我和宝哥赚的钱有相当一部分花在这个小家伙的身上了。但是,她的作用也不可小觑,她是全家的开心果,也是全家的融合剂,有时我和婆婆有点小小的不高兴,有了小希同学在中间一"胶合",什么不快都会烟消云散。而且,她是公司的希望,公司的最终产品就是小希同学了,成为一个独立、自信、坚强、明理、对社会有用的人,这就是我们这个企业最大的成功。

公司要成功，必须关注每一个公司成员是否快乐、高效、有力地开展工作。如果有一个员工心生二意，或是"吃里扒外"，如出轨、外遇，很容易让这个公司散架；如果有内部员工不合，如婆媳相处如两军对垒，公司的运转也会变得艰难；如果对公司"小开"不加以有效的锻炼、培养，公司迟早要毁在这个"小开"的手上。

针对"出轨"这个严重破坏家庭公司的问题，我一直坚持像防火防盗一样防"小三"。像周慧敏那样的"玉女＋美女＋才女"都可能遭遇"劈腿"，我这样只有一点点貌、一点点才的草根小主妇就更要加强对"小三"的防范。除了平日里加强对宝哥的警告和教育，我还要时刻注意提升自身的魅力，这是防范婚姻因审美疲劳而产生危机的有效手段，所以，有一项家庭支出由我"独享"，那就是俺的美容、健身费用。嘿嘿，经过这样一分析，老婆花钱打扮自己自然是天经地义的了。

因为公司人员较少，所以我和宝哥经常轮流兼任董事长，除增产增收之外，我们最注重培养的企业文化就是"家和万事兴"。婆媳之间，以容人为主，老不和少争，少尊敬老人。夫妻之间既要开展竞争又要合作，企业需要利润最大化，但也要花资金来改善员工的工作环境，提高员工的个人素质。我们要从收入中拿出相当大的部分来提高家庭成员的生活水平，要有教育支出，也要有饮食、服装、旅游等提高员工生活待遇的支出。只有这样，公司员工才有前进的动力。一个公司要有远大的愿景，要设立长远的目标，每个员工都要为这个目标而努力。但是，这个目标不是一朝一夕就能实现的，需要坚持不懈地努力。所以，每完成一个阶段性任务之后，公司都要犒劳一下员工。虽然公司制定的目标很"遥远"，但细化、分解之后，过程却也轻松有趣。比如，每年给家庭安排一次旅游，给每个员工过一次温馨浪漫的生日……

也许这个公司的未来并不会那么辉煌，但只要每天都有快乐和幸福，让欢笑充溢在每一个过程之中，那这些人就是值得在一起的。

2. 婆媳过招三十六计

> 我是把婆婆当做母亲看的。母亲离去多年,没能孝顺母亲是我心底的遗憾。有个婆婆在家,又帮我做家务、带孩子,不顾年高,不辞辛劳,忍受着言语不通的寂寞,我的一点儿忍耐又算什么呢? 我甚至觉得能够孝敬老人是我的福气。
>
> 家有一老如有一宝,新妈妈或准妈妈们对此大多有切身体会。如果不是婆婆帮我打理好了一切,我怎么可能有时间坐在这里跟大家聊优雅、聊理财呢?

　　婆媳关系恐怕是家庭关系中最难处理的一项了,再聪明的小主妇,面对婆婆时,也不得不小心翼翼地打起十二分精神。俺这个小媳妇目前和婆婆一块儿住,几年的婆媳过招,慢慢也积累了一定的实战经验。

　　当年还没有成为宝哥媳妇时,在周边众多媳妇们的调教下,我就把未来的婆婆当做了"假想敌",暗暗学了一点儿"婆媳过招三十六计",什么张良计、过墙梯,五花八门。我是博采众长,融会贯通,磨刀霍霍,只欠实战了。

　　婆婆不是南昌人,我们接触不多,她那一口浓重的乡音,我基本是听不懂的,所以一直客气而疏远。两下相安无事,但我始终保持高度戒备状态。呵呵,从主观上来说,我也不是很好的儿媳妇,列位看官尽可多多准备好砖头砸过来。

宝哥从开始谈恋爱就给我打了预防针，他家可是没有钱的，所以我一向也没有打算结婚时要他家里出钱。有了这样的心理准备，就不会觉得失衡了，这么多年，唯有第一次上门时得到婆婆给的金耳环和400元钱，那次反倒有一种受宠若惊的感觉。

所以，我的第一条经验是：对婆家不要抱太多的金钱希望。

第一次和婆婆过招是结婚前装修房子，那次暗战，我几乎就要全军覆没。

结婚提到议事日程上了，装修的事就落到了我头上，谁让我那时是恨嫁女呢！于是，我顶着烈日，冒着酷暑，屁颠屁颠地跑建材市场。做了几天，我心里忽然不平衡起来。这是他家娶媳妇啊，总得表示表示吧，不出钱出点儿力总可以吧，哪有女孩子自己装修房子，赶着把自己给嫁了的道理？

心理不平衡就是滋事的开始，我借口一个人忙不过来，要准婆婆过来帮忙。大家可以继续鄙视我，这可是我自己挑起的事端啊！婆婆来了，感觉上她不是太高兴。当然，如果我是婆婆，也会大大地不高兴。

婆媳过招，最高境界就是以不变应万变，以静制动。一开始，我没有沉住气，就先输了。

第二条经验：永远不要觉得自己提的要求在婆婆面前是合理的。

50多年的儿媳妇生涯、10多年的婆婆生涯，不管做儿媳妇还是做婆婆，俺婆婆的实战经验都极其丰富。装修新房的过程中，婆婆不动声色，我说什么她做什么，可毕竟第一次和婆婆相处，我哪敢发号施令？婆婆在家中闲得发慌，我却忙得四脚朝天。

从农村来到城市，老太太听不懂别人说话，别人也听不懂她的话，又不能下地劳动舒展筋骨，整天在钢筋水泥还加了防盗窗的"鸽子笼"里，老太太感觉像坐牢一样憋屈得慌，脸色自然就不那么好看了。一见她如此，我就更加别扭了，后悔不迭，早知如此就不请婆婆来了。

但是，请神容易送神难。我正琢磨着怎么开口要婆婆回家，没想到婆婆主动向儿子提出要回老家去。20多天的相处，婆媳之间虽然客客气气，但生分和疏远一点儿也没有改善，婆婆主动提出回家，让我大大地松了一口气，赶紧让宝哥护送婆婆返乡了。

这一局的过招，实际上还是我输了，但颜面尚存，还不至于一败涂地。

第三条经验：婆媳过招，要学会后发制人，以不变应万变，以无招胜有招，这才是制胜法宝。

各位可能会奇怪了，既然开始就这么不顺利，为什么后来我和婆婆相处得那么融洽呢？这就是我得出来的最重要的经验：极品好婆婆其实并不多，尽量用一颗女儿的心孝敬她，但绝对不能指望她能把你当做女儿看待。

之后与婆婆交手，是又过了几年，我成熟了许多，明白改变别人很难，改变自己比较容易，于是放弃了改造婆婆的想法，然后就发觉和婆婆相处也不是那么难。装修一役之后，我也不再奢望能和婆婆相处如母女了，因为我有着天下婆婆们最讨厌儿媳妇的一个毛病：懒，而且是超级懒。所以，我想只要和婆婆不发生对抗性的冲突就OK了。

怀孕后，我仔细想了想未来照顾宝宝的最佳方案。我的父母都已经不在了，要么请婆婆来帮忙，要不就得请保姆或者钟点工。但外人无论如何也比不上自家人啊，那就只能是婆婆了。

婆婆又不辞劳苦从乡下来了。这一次，我的心态比第一次好多了，只希望婆婆能够留下来，留的时间尽可能长一些。

可老人家总是固执，婆婆属于又固执又沉默的老人。我是外向型的性格，而且有点儿随风倒，和婆婆交过一回手，我知道改变她是很困难的，既然这样，只能我来适应她了。我自己都很奇怪，一向傲气的我到今天能够对一个老人千依百顺。当然，既然有求于人，就得先把自己的傲气给掐灭，无论是在哪个方面。

小希同学还未出生，我们就开始真正相处。这时候，"和平共处五项原则"发挥了莫大的作用。不是我自夸，像我这样的媳妇真不多，完全不挑剔婆婆做的菜,就算她不小心把菜烧焦了,我都有本事眉头不皱地吃下去,还直夸婆婆烧得香。婆婆的饮食习惯比较老旧,离现代的营养学观点有些偏差,幸好她还不至于迷信所谓的"方便面有营养"之类的怪谈,买的食物虽然单一,但基本都是当季当时的新鲜果蔬。大家都知道,孕妇和产妇对饮食是比较挑剔的,但对于婆婆的饮食安排,我又不能正面批评,只能采取侧面迂回的战术。比如周末时我会主勺,按照我的营养理论买一点儿食物,并且按我的方法烹饪。一开始的时候,婆婆是不屑的,六七十年日日不断修炼出来厨房功夫,岂能被我才十多年而且三天打鱼两天晒网的三脚猫手艺比下去呢?但小希和宝哥吃得很欢。没办法啊,这厨艺也和武功一样讲究创意、讲究悟性,你老是日复一日地重复老招式,喜新厌旧的食客也不认可啊。

渐渐地,掌握全家饮食大权的婆婆在我的潜移默化中发生了改变,她的"传统"和我的"现代"比较好地交融在一起了。小希同学在这样暗流汹涌的饮食斗争中,一开始有些不适应,略有些营养不良,个头和体重稍逊于其他同龄的孩子,不过最终还是经受住了考验,个头、体重都发育正常,这也证明了我的"怀柔政策"的正确性。

关于对小希的培养,我从来不敢轻视婆婆的教育水平。就这么一个目不识丁的农村老太太,也培养出了两个大学生。我一向认为对孩子的培养不在于是否能在三岁认识几百字,也不在于能否背诵唐诗宋词,或是吹拉弹唱,关键在于孩子能够独立、自强地生活,能明辨是非善恶就可以了。在这方面,婆婆的育儿原则和我一致,甚至经常抱怨我和宝哥太宠溺小希了。在她带宝宝的时候,我也不随便发表意见。这一点上,我们也就没有了分歧。

大方向一致了,其余的一些琐碎方面那就更好解决了。您老说花香,我就深呼吸,连声赞叹"味道真好闻啊";您老说月亮是方的,我就琢磨琢磨,回答"这月亮看起来还真有点儿角"。

从结婚到现在,我没有要求婆家任何经济上的支持,所以婆婆对俺和宝哥的经济也从不多加非议,这一点是俺们婆媳相处融洽的基石。但要想婆媳关系更加融洽亲密,那还必须搞好情感交流。

其实,我还真是把婆婆当做母亲看待的。母亲离去多年,没能孝顺母亲是我心底的遗憾,有个婆婆在家,又帮我做家务、带孩子,不顾年高,不辞辛劳,忍受着言语不通的寂寞,我的一点儿忍耐又算什么呢?我甚至觉得能够孝敬老人是我的福气。

家有一老如有一宝,亲妈妈和准妈妈们对此大多都有切身体会。如果不是婆婆帮我打理好了一切,我怎么可能有时间坐在这里跟大家聊优雅、聊理财呢?

和婆婆的融洽相处,得益最大的就是宝哥了。"夹心饼干"的滋味他虽然没尝过,但也知道不好受。写到这里,我忽然想起,他似乎从来没有为此而表扬我。等他回家,让他看看这一段,一定要他好好夸一夸我。

下面奉上搞好婆媳关系的八个原则:

1. 孝敬婆婆是应该的,不要有抵触情绪。

2. 不要在婆婆面前和老公过分亲热。虽然你觉得你们习惯了这种沟通方式,但是这就像在外人面前一样,过分亲热是对别人的一种不尊重。

3. 涉及到婆家时,要照顾老公的情绪。尤其是钱的问题,有些钱千万不能省。比如公公生病了,既然是不应推卸的责任,掏钱时就要干脆点儿、积极点儿,由你来交给婆婆,这样既讨得婆婆欢喜,老公又满意,日后也能多为你考虑。但是,如果还要打点什么七大姑八大姨,那就要"抠门"一点儿了,除非是你钱多得不得了。

4. 不要在婆婆面前使唤老公。如果你的公婆来家里住,你不停地使唤老公做这做那,他们会认为儿子在家里太辛苦,没地位。离开公婆的视线后,你爱怎么使唤都行。

5. 即便是表面功夫,也得做足了。给自己父母买东西的时候要想着给婆婆也买一份。多细心观察她的日常生活,多满足一些她的愿望,一点点的关心都会让她记在心里。

6. 留点儿时间听她唠叨吧。住在同一屋檐下，敬而远之是不行的，那就干脆横下心吧，没事哄哄她，有时间的话就听她说两句。她爱唠叨，就让她唠叨吧，一边听一边随声附和两句。要明白，做到、做不到是次要的，听到、说到才是主要的。

7. 丑话说在前头没有什么错。在婆婆来你家之前，无论是长住还是短住，你最好先和老公达成共识。比如你没有办法早起，你没有办法天天做家务，你没有男尊女卑的观念等等，让他事先和婆婆讲一下。

8. 过去的事就让它过去吧。婆媳总是会有摩擦，过去了就过去吧，摆冷脸绝不是好办法。

当然，不是说产生矛盾都是媳妇的错，只是，你不满也好，委屈也好，生活总得过下去，与其抱着难受的心情生活，不如从自身做起，改善关系。

我的切身体会是，和婆婆处好了关系，不仅生活舒服了，经济上都能获益。举个很简单的例子，我和宝哥每个月发工资都把当月的菜钱和零花钱交给婆婆，婆婆节省惯了，这些钱往往到月底都用不完，婆婆要还给我们，我们就让她自己存着。婆婆不好意思要，我就发话了："妈，您就收着吧，就当是替您孙女小希留着。她要是想要什么了，您手里也有钱不是？"

婆婆说："你们都给我钱啦，小希再要什么我给她买，不用再给我钱。"

我说："万一我们不在家，小希病了要去医院呢？"

婆婆不吭声了，我和宝哥则相视一笑。其实，小希平时身体很好，很少生病，这么说无非是想让她老人家有面子。看得出来，婆婆也很高兴。

 优雅小主妇私密互动

暖暖的风：想问个问题，希望不要被这么善良、大度、温婉的椰风鄙视，呵呵……我想问一下，你家宝哥孝敬他父母（我指钱物方面）你会不会不平衡呀？我们国庆长假要回老公的家了，他这几天跟打了鸡血似的买这买那，看得我有点儿烦。有时不是钱的问题,我就是讨厌他那个劲儿。我父母跟我们同住(有保姆看孩子,我妈监督保姆,呵呵),所以也不需要给我父母特意买些什么,我真不平衡呀! 我就是小心眼兼没有安全感啊! 我有一种奇怪的感觉,我老是觉得人的感情是有定量的。老公给他家多了,那剩给我和孩子的就少了。于是我就纠结、就生气、就闹,老公最怕、最烦我比这个。

淡若椰风:你老公这么有孝心,你应该觉得高兴。有孝心的男人品德都是比较好的。如果他对父母——生他养他的人都不孝,你想他还会对你很好吗? 还有,其实老人家花不了多少钱,如果你心里定的标准稍微高一些,你会发现其实老公也没有花很多钱,只是一个心意。想开点儿,大家都开心。不过,过年过节时,你也要给自己的父母亲买点儿东西啊。钱多钱少没关系,最主要的就是一个心意。

其实,你知道吗,如果你的老公是孝子,你对他爸妈孝敬,他会很感动,然后会对你更好。按你的说法,他孝敬父母的感情被你分掉了,然后他就会把这部分感情转移成爱你的情感。

3. 担当责任，无惧风雨

> 　　我们都是平凡的人，工作中也许平庸，经济上也许清贫，但我们不是没有用的，至少我们的家庭需要我们去奋斗，需要我们尽力支撑。无论面对怎样的风雨，都不应该舍弃家庭、舍弃亲人。平凡的人，如果有担当，也敢担当，就会变得不平凡。

　　无论是哪个家庭，都不可能一路平坦，也许在某个时刻，意外之灾就会让幸福破灭。风雨来时，是担当还是逃避？你的选择将对家庭产生深远的影响。

　　前一段时间，大导演谢晋离世，在铺天盖地的介绍中，我对这位电影大师有了更平民化的了解。我觉得，是生活的平凡与坚定成就了这位伟大的导演。

　　他的一生跌宕起伏，他的家庭也是多灾多难。但这一辈子，无论工作怎样繁忙，无论他在事业上取得多大的成就，谢老也从未放弃对生活、对家庭的担当。

　　谢晋有四个孩子，三男一女，却不幸有两个是智障。对这两个孩子，他没少费心，总是用最大的耐心和毅力去照顾，从未遗弃他们、遗弃家庭。1989年，谢晋曾经在报纸上刊登过一则"寻人启事"：寻谢佳庆，男，33岁，痴呆并患癫痫病……如有发现，请即打电话通知谢晋、徐大雯。

　　谢佳庆是谢晋和妻子徐大雯的小儿子，是一名患有智障的残疾人。发现孩子不见了,夫妇俩心急如焚,找了一整夜,第二天一早赶到报社,要求登一份"寻人启事"。

像这样的事情,在谢晋家里发生过很多次。后来他们给孩子做了一个字条,上面写着"我是谢晋的儿子,家住******,电话******"。这样,一旦儿子走失了,别人就会按字条上的信息把儿子送回来。小儿子得了癫痫病,经常发作,生活难以自理,谢晋常常为孩子洗脸、刮胡子。儿子怕痒不愿意刮胡子,谢晋就哄他说:"满脸胡子,多丢面子啊。"儿子头发长了,没办法剪头,谢晋就专门跟别人学了理发,回家给儿子剃头,一推一剪中透出了父亲的慈祥和对儿子的关爱……

虽然谢晋一生成就无数,但生活的磨难似乎从来没有放过他。年轻时,他的父母双双自杀;中年时,生了两个智障的孩子;老年时,最得意的儿子却走在他之前。在常人看来,生活对他就是一个接一个的悲剧,而谢晋导演的"张力"就在于,无论生活怎样苦、怎样坎坷,他始终不抱怨、不放弃,坚定地承担自己的责任和义务。

人生的苦难丰富了他对生活的理解和领悟,所以他的影片感染力极强,因为他把自己对生活的感悟融入到了影片中。不管在什么环境里,一个人有什么样的悲欢离合,他都能够在挫折当中跟自己的亲人相濡以沫,共渡难关。他的镜头下,那些在大时代背景下的小人物的喜怒哀乐,因为贴近普通人的命运,感动了老百姓,所以有那么大的影响。

其实,我们都是平凡的人,工作中也许平庸,经济上也许清贫,但我们不是没有用的,至少我们的家庭需要我们去奋斗,需要我们尽力支撑。无论面对怎样的风雨,都不应该舍弃家庭、舍弃亲人,都应像谢晋一样勇敢地承担家庭的责任。

平凡的人,如果有担当,也敢担当,就会变得不平凡。

4. 爱,就在此刻,每时每刻

> "树欲静而风不止,子欲养而亲不待。"这么多年来,我一直后悔没有在妈妈在世的时候多尽一些孝道。失去之后才明白,爱她就要在此刻告诉她,就要在此刻表达出来。至亲至爱的人和我们在一起的时间,其实没有我们想象的那么长。

年轻时,我以为可以有很多很多时间在妈妈膝前尽孝,妈妈的晚年可以很幸福很幸福。读书的时候,妈妈从不要求我们为她分担家务,只要我们好好学习、好好读书。那个时候,我认为读书是唯一可以报答妈妈辛苦的方式。

17 岁外出求学,21 岁参加工作,那时的我豪情满怀,觉得人生没有不可能实现的抱负。忙着交友,忙着玩乐,忙着营造自己的人际关系网,追求所谓的成功。于是终日奔波忙碌,刻意强调独立,对家的感觉仿佛有点儿淡漠了,对在家乡的妈妈也有所忽略了。妈妈在电话里的叮咛,总让我有些不耐烦。妈妈来看望我时,依然没有时间陪陪妈妈。

也许是家庭的温暖过于平淡而且不曾远离过,所谓的关系与义气仿佛都重于家庭的温情。关注朋友,关注同事,关注同学,独独忽略了独自在家的妈妈。只有夜深回家和妈妈闲聊,看着她鬓边的白发渐生,细柔的手逐渐粗糙,才发现,我长大了,妈妈却老了。虽然心中知道要多拿出一点儿时间陪陪妈妈，但年轻向外的心却总不能静下来。

年轻时哪里知道无常是如此残酷，总觉得还有太长太长的未来可以和妈妈一起度过，所以丝毫不觉得和妈妈在一起的时间是那么宝贵。直到噩耗突然袭来，我才明白自己已经没有机会再把时间留给妈妈，已经没有机会回报妈妈这么多年来对我最深切的爱。

意外的突然降临，就像眼睁睁地看着花瓶掉在坚实的地面上，瞬间粉碎，连伸手挽救的机会都没有，一切戛然而止。措手不及的灾难在那个瞬间就像木棒迎头打来，把人击晕，我甚至不知痛楚。随着时间的流逝，那种麻木的钝痛才渐渐复苏，一点一点地痛到骨髓里去。也许只有失去了才知道珍贵。一夕离去，才感觉到妈妈的爱如空气，平时无处不在，不曾留意，然而一旦失去，却会让人窒息。如今明白了，可是再也没有机会让我献出我的爱给妈妈了。

"树欲静而风不止，子欲养而亲不待。"这么多年来，我一直后悔没有在妈妈在世的时候多尽一些孝道。失去之后才明白，爱她就要在此刻告诉她，就要在此刻表达出来。至亲至爱的人和我们在一起的时间，其实没有我们想象的那么长。不要寄希望于以后，也许亲人永远等不到你的"以后"。

爱的表达和金钱无关，和地位无关，家人从来不会计较这些。无论你是家财万贯还是身无分文，记着对自己的爱人说："我爱你！"尽量减少那些无谓的交际，下班后早早回家，多一点儿时间和家人在一起。让家人知道你爱他们，他们是最重要的。只要有空，带着爱人、孩子，去看望看望父母，年迈的父母能见到你们，就是最大的幸福。

你的爱，要从现在开始，就在此刻，每时每刻。

 优雅小主妇私密互动

weijing0101：椰凤姐姐，想问你一个问题哦，我今年22岁，去年参加工作的，在一个相对比较发达的县城里，在这里工作还不错，可是最近很矛盾，有时候特想回老家，因为奶奶年纪大了，想回家照顾奶奶，好矛盾。

淡若椰风：自古以来，忠孝就不能两全。而如今，因为工作的原因，就更难尽孝道。如果抛弃目前良好的工作回家，万一不能找到合适的工作，不能解决生活基本所需，那也尽不了孝心。奶奶在家乡应该还有家人在照顾吧？你能做到的就是常回去看看，多陪她说说话，多陪她晒晒太阳。

老人家对物质没有太多的要求，她需要的是儿孙辈和她一起静静看时间流过。但现在，很多人都是买一大堆的东西丢给老人家，却不肯花一点儿时间陪陪他们。亲爱的小妹，如果你能多拿出些时间陪陪老人，那就是最好的孝心了。

我是韩希范：给我爸妈买保健品应该买什么？什么牌子？我爸妈经常熬夜，有时候每天只睡两三个小时，工作环境很嘈杂。妈妈头痛啊，手臂也经常痛，不能拿重物，身体不是很好；我爸爸看上去比实际年龄大，因为以前吃中药，把肚子吃得大大的。两人的眼睛都不好，因为经常接触盐酸，冒出的气体刺鼻又刺眼的。姐姐若是清楚的话，就告诉我一点儿，如果不知道也没关系的。

淡若椰风：你真是一个孝顺乖巧的孩子，我先祝你爸爸妈妈身体健康、万事如意。

我对保健品没有研究，就不好推荐了。你父母的生活、工作的模式和传统的养生之道大相径庭，对健康很不利。如果生活所迫没有办法改善的话，只能尽量保证饮食的科学规律了。你可以做一些中医养生专家马悦凌老师的"固元膏"给父母，这比其他补品要好多了。让爸爸妈妈天天泡脚，这样能消除一天的疲劳，晚上睡觉也香甜一点儿。老人泡脚可以在下午四五点钟的时候。老人早上起床时，提醒他们不要起得太快，醒了之后，在床上伸伸手、蹬蹬腿，感觉全身都比较灵活了再起床。这也一个锻炼，而且可以预防中风等疾病。

但是，你的父母如果长期这样作息，对身体的损伤是很大的。劝劝爸爸妈妈，钱是永远赚不完的，身体健康才是最大的财富。

5. 给爱适当的距离

> 我见过太多的家庭,由于传统的老观念作祟,非要把大家捏在一起,却没想到,不同个性的人在一起时间长了就会产生各种各样的问题,夫妻都免不了有摩擦的,更别提关系更"远"的其他人。

俺大舅、舅妈退休后,老两口不愿孤孤单单在家乡养老,于是来到南昌,到大女儿——俺表姐这里。但他们又不肯和女儿、女婿住在一起,而是让女婿租了一个带店面的两层小房,楼上住人,楼下开店。

大舅是老共产党员,性格耿直,脾气暴躁,但是心地很好。有时候喝点儿酒,脾气就上来了。他知道自己像炮仗一样的性格,担心和女儿、女婿住在一起,彼此的棱角会触痛了对方。

他们租的这个房子在大学旁,是女婿所在学校的产权房,租下来也不贵,月租才 1000 块钱。这个店面是长方形,一面对着大马路,一面对着菜市场,把中间一隔,正好可以成为两个店面,每个店面都还有八九平方米。舅舅一想:自己的小店只要一半的经营场地就够了,另外一半租给别人开店还挺不错。于是就把隔开后的另一间店面租给了一个卖内衣的人,租金是每个月 900元。这样算下来,老两口在这里住着,又开了一个小店,每个月只要付 100 元的租金。舅舅、舅妈两人都有退休金,小店每月也有两三千元的纯收入,夫妻

二人生活过得滋润而且自在。

俺舅舅还很有投资理财的观念,闲来无事就喜欢在附近转悠。2007年时,他在电线杆上发现了一个小广告,说是某厂的某套职工宿舍要卖。舅舅赶紧就去看房了,房子离表姐家很近,在阳台上都可以互相打招呼。两室一厅,60平米,才7万元,舅舅赶忙掏钱买下,办完手续连装修也才10万元。

老两口住进去之后,和女儿家里就很近了,走个3分钟就可以到女儿家里坐坐、聊聊,喝点儿小酒,吃完饭,抹个嘴,抬脚就回自家去了。老少三代人不住在一起,少了磕磕碰碰,只感到了亲而不觉得烦。

俺表姐劝过很多次,要老两口和他们住在一起,160平米的大房子,加上舅舅、舅妈也就五口人,不会很挤。可舅舅、舅妈习惯了这种方式,说什么也不愿意同住。其实,我也挺赞同舅舅的观点,相见容易相处难,人就像刺猬一样,挤在一块,彼此的刺很容易把对方戳伤。

我见过太多的家庭,由于传统的老观念作祟,非要把大家捏在一起,却没想到,不同个性的人在一起时间长了就会产生各种各样的问题,夫妻都免不了有摩擦,更何况关系更"远"的其他人。所以,圆的、方的、扁的,在一块儿总容易把彼此硌伤。时间长了,说不定还把亲情磨淡薄了。还不如像舅舅他们那样,有那么一点儿距离,给彼此留一点儿空间,给爱适当的距离,亲情不会疏远,一切都刚刚好。

第七章

有钱没钱都要安逸

　　不同于上一代的"艰苦朴素"，我们新时代的年轻人更渴望舒适与富裕兼得的人生，我们更看重自己对生活的享受需求，并且要千方百计去实现它。

　　但是，千万不要本末倒置。金钱只是手段，快乐才是目标，不要把手段当成最终的目标，更不要总把快乐留给以后。这个社会多的是忙碌奔波型的人，他们制定了长远的目标，然后埋头苦干，一心想着目标实现的那一天。就像一个赶路的人，为了要达到目的地而匆忙迈步，顾不得看看路途上的美景。别再急着赶路，要享受现在，享受过程，因为人生从来没有一个必须要到达的目的地。

　　有了钱一定要学会享受，没钱时更要让自己安逸！

1. 美景永远留给肯上路的人

> 回头望去，三清山雄伟苍翠。一天的时间，无法看遍三清山的美好，不过不要紧，我们还有很多机会来欣赏它的美丽。就像人生一样，只要我们肯上路，只要我们一直在路上，就永远会有数不尽的美景等着我们。

快乐，其实是个很简单的东西，不需要太多的金钱，不需要多高的地位，但一定要学会制造快乐的本事。

我喜欢爬山。小时候在山区里长大，南方的小山丘，一年四季从来都不曾枯黄，又不那么险峻，只是温柔的平滑。一路花香，一路鸟语，信步走过，清香沁脾。最重要的是，那些山仿佛都是我家的后花园。开门见山，上下学都从坡上过。晨起锻炼，绕着山坡跑一圈，真是惬意无比。到了秋天，一伙小朋友满山找野果。记得小时候最好笑的一件事情：我在山坡摘野草莓，那些草莓都是又红又大，吃到嘴里酸酸甜甜，比现在市场上卖的草莓不知好吃多少倍。我装了一个袋子又一个袋子，然后分好类，这是给我自己吃的，这是给妈妈吃的，这是给弟弟吃的。回家的路上，实在禁不住诱惑，我先把自己那一份吃了，吃完之后看着留给弟弟的那一份，口水不自觉又流下来了，心里安慰自己：反正老弟也不知道我摘了草莓，吃掉它，就当我没摘。于是，我带着愧疚感把弟弟的那一份吃掉了。老妈的那一份,我犹豫了许久,最后还是没能抗拒美味的诱惑,一边自责一边吃草莓,最后回到家时,只留了 4 个草莓给妈妈。从此,我再也不好意思看《猪八戒吃西瓜》的故事了,因为我深刻理解了猪八戒同志内心的矛盾。

如今的城市满是鳞次栉比的高楼,早就阻隔了青山的踪影,我经常梦见小时候的场景,满山的映山红,满山的青松绿藤,醒来之后就缠着老公要出去爬山。正好闺密小六也想出去透气,于是我们俩押着各自的老公出门了,目的地是三清山。

为了节省开支,避免不必要的花销,我们四人一致认为:完全没有必要跟着旅行社,省内游,那是自己的地盘,不用导游也一样。"五一"长假的第一天,四人背起简单的行囊,坐着火车,直奔玉山而去。抵达玉山,发觉离三清山还有一段距离,还要转中巴到三清山的入口处。

当汽车转了一个弯,从县城拐到山地,便一路都在山腰间行驶,见到连绵的青山,心中有点激动,好久好久没有看到这样的美景了。天空有点儿阴沉,飘起了小雨,浓绿从山顶倾泻到山脚,山涧水声震天。车就在半山腰的盘山公路上爬行,一边是陡峭的山坡,一边是不见底的深渊、水声轰鸣,心仿佛就悬在半空,看着司机娴熟地打着方向盘,心神稍稍安定。司机估计跑这趟线路有好些年头了,什么地方拐弯,什么地方刹车,娴熟得很;甚至看卖票的女人吵不过一个不买票的乘客,还加入到"战团"里面,一边开车一边骂战,吓得满车的乘客不断祈祷。

好不容易到达了景区入口,我们跳下车,摸摸胸口,谢谢菩萨,总算平安到达。这时候已经是下午 5 点多钟了,我们准备先找旅店住下,第二天上山。找了一圈,发觉价格贵不说,还基本上都没有空余房间了。最后只能花三星级酒店的价格住了一个通铺,而且还没有卫生间。

后来我计算了一下,如果参加旅行团,花费和我们自费也差不多,最主要是省心,而且住宿条件也不会如此简陋啊。但是,这一点小小的不快,和旅游的快乐相比实在太微不足道了。

晚上，我们找到一家小饭店，点了一些三清山的"特色菜"——三清山的豆腐、三清山沟涧里的鱼……真的是高山无污染，豆腐嫩滑，鱼肉鲜美。遗憾的是，想吃传说中的地瓜炒肉片，但季节不对，没有吃到。老板和我们闲聊，号称用料是山上种的蔬菜，高山蔬菜，城市里可吃不到呢。想想也是，这大山里面，从外面贩菜进来，运费也不菲呢。

也许是心理作用，觉得这一顿高山原生态无污染的饭菜，比别的地方的还真是香很多。价格不算便宜，但也不像其他旅游景点那样高得离谱。

第二天早上，我们5点就起床了，洗漱完毕，吃完早点，天色微明时，我们就出发了。为了要不要坐缆车这个问题，四个人犹豫了一会儿，看着巍峨的高山，不愿放弃沿线的美景，我们决定爬山。这个决定，让我们的游览累并快乐着。

五月的三清山，早晨比较清凉，但不冷清。我们一路沿着石阶往上爬，身前身后都有不少的游人。路旁古木参天，石阶旁边就是一条山涧，哗哗作响。不停地爬石阶，两条腿机械地往前迈，我和小六轻装上阵，宝哥和小六的老公各自背着一个大大的背包。两个男人刚冒出点儿怨言，我们就"威吓"道："还没有让你们背我们爬上三清山顶呢！"两人立刻噤声，老老实实到前面开路去了。

爬了将近两个小时后，我们到了索道口，这里是半山腰，一片宾馆林立，宾馆的生活废水就直接排放到沟涧中，所以山涧的水变混浊了。唉，人与自然为什么总是不能和谐相处呢？为什么人类的方便总是建立在破坏自然美景的基础之上呢？如此感慨一番之后，我们也就变成了规规矩矩的"环保主义者"，把自己的垃圾装到小袋中，准备下山之后丢到垃圾箱里。

再往上，又是石阶，一阶接着一阶，连绵不绝，事已至此也只能提着酸痛的双腿往上爬。看来，看个美景也不容易啊。正在抱怨这石阶咋就走不完了呢，一拐弯，豁然开朗，一幕奇美壮丽的景色扑面而来。一条栈道在半山腰上，向左一片空旷，阳光普照，碧空如洗，白云悠悠。不远处奇峰兀立，极目远眺，水田一块接一块，盘山公路仿佛是玉带绕在群山之间。见此美景，在城市里压抑已久的心情仿佛一下子得到了释放,心胸顿时开阔起来。这条栈道是在几乎垂直的悬崖壁上修的。走在栈道上,俯身下看,万丈深渊,两腿不禁打颤。于是乎,开始感慨人类的智慧和能力真是无穷,本来无法领略的险境风光,一条悬在半山腰的栈道就让我们轻易看到了。向当年修栈道的人致敬!

这个景点叫"黄金西海岸",确实是美景。大自然的灵秀,真是黄金也换不来的。

走过"黄金西海岸",我们又随着一队游人继续攀向三清山的顶峰。一个小时之后,终于登上最高峰——北山玉京峰。此时已到正午,山高日远,站在高岗上,我忽然放声高歌起来:"连绵的青山百里长啊,巍巍耸起像屏障……"才唱了一句,就被宝哥喝断:"不要再唱了,小心狼被你招来了。"我飞起无影腿,只听一声惨叫:"啊!"小六的老公四处张望了一下,说道:"我看过网上有报道,三清山真的有狼!"此时,那一队游人已经走远了,树影重重,似乎一群恶狼就在其中。我们四人静静看了一下彼此,忽然发足飞奔起来,追上了前面的"大部队"之后,才忍不住哈哈狂笑。

走在山中,移步换景,不多时又是几个极美所在:神女峰,巨蟒出山,一个一个象形的巨石给了人们无限的遐想。尤其是巨蟒出山,就像一条眼镜蛇,正昂首准备攻击敌人。

水是山的灵气,走过一个个山涧,泉水叮咚之声一直跟着我们,仿佛是天籁之音,有一户人家直接把这水引到自己家中。主人给我们每人烧了一碗肉丝面,好吃之极。当然,是要收费的。

随后开始下山,往下走时,我简直快要变成僵尸行步了,两条腿累得都不能打弯了。下午4点整终于到达景区门口。算了一下,从早上6点起,整整10个小时,就这样边走边看美景,虽然很累、很辛苦,可是太值得了。

坐上汽车回火车站,回头望去,三清山雄伟苍翠。一天的时间,无法看遍三清山的美好,不过不要紧,我们还有很多机会来欣赏它的美丽。就像人生一样,只要我们肯上路,只要我们一直在路上,就永远会有数不尽的美景等着我们。

2.朋友,有空来坐坐,来坐坐

> 安安静静地坐着,细细地品茶的味道,忽然觉得,岁月静好。有这么一个午后,做一个逃跑的小主妇,抛开一切家庭琐事,暂时把老公和宝宝"置之度外",约上闺密,重新回归少女时代,聊聊,坐坐,这一切是多么简单而美好。

许久许久没有见"闺密"小六了,总算找到了一个假日,我们能抛开老公、孩子见面了。

女人要快乐起来总是很容易,电话里还说要跟我诉委屈的小六,见了面却是一脸的兴高采烈,哪有半点儿"怨妇"的模样?

本来准备逛逛商场,但商场里满满当当的人让我们萌生怯意。这么多人,难道那些东西都不要钱吗?经济危机可是近在眼前啊!我和小六一边抱怨一边撤退。

那就边走边逛边聊吧。中山路的人流把我们挤得东倒西歪,真是南昌的商业重地啊,好像一半的南昌人都出来逛街了。

"算了,我们去公园吧。"小六提议。

"去那里?人多心烦,风又大,还不把我们吹成人干?"我瘪瘪嘴,一眼看到上岛咖啡就在前面,立刻来了主意:"我们去咖啡馆。"

小六摸摸钱包："去那儿?太不实惠了吧?喝一杯咖啡,俺家儿子都可以吃两斤肉了。"

我敲了小六一个"毛栗子"："女人也是要享受的。不学会花钱,怎么能让老公心疼你?至少下次吵架离家出走了,他担心你会乱花钱,就会主动把你找回来。"

两句话就把小六的"熊熊战火"给点燃了："去就去,who 怕 who? "

我们两个小主妇进了咖啡馆,虽说鼓励自己要花钱,可也没由着性子乱来,点了生姜红枣茶和蜜柚茶,看小六脸上长了几个小包包,就再来一个雪梨百合汤,给她滋阴去火。

咖啡馆真是一个聊天的好地方,气氛又好又安静。两个女人谈天论地,不受打搅,喝喝养颜茶,美容又美心。

接下来,你应该知道的,两个"小怨妇"开始互诉苦水了。你觉得你糟,我的情况比你更糟。别人的攀比越来越高,我们的比较越来越差,就差没忆苦思甜了。互相比较了一会儿,觉得自己似乎也没有那么苦闷了。

不知不觉间,服务员已经给续了三次杯,我们还意犹未尽,只要有时间,我和小六的话三天三夜都说不完。

结果,服务员没急,可有人急了。小六的老公来电话了,她口里应着"好,好,这就回来",挂掉电话,却端坐不动,没有半分想走的意思。

彼此发泄够了,安安静静地坐着,细细地品茶的味道,忽然觉得,岁月静好。有这么一个午后,做一个逃跑的小主妇,抛开一切家庭琐事,暂时把老公和宝宝"置之度外",约上闺密,重新回归少女时代,聊聊,坐坐,这一切是多么简单而美好。

3. 葡萄美酒自家酿，酿就省钱好心情

> 我家的葡萄酒坛子是透明玻璃的，在等着开坛的那几天，可以看到酒汁一天比一天升高。看着瓶子里浓如胭脂般的酒汁，我乐悠悠地想：这不就是我的精致小资生活吗？谁说一定要花很多钱才能实现呢？

小主妇一定要会做家务，我始终坚信这一点：不会做家务的主妇就不是一个好主妇。

这不，为了证明自己是一个"上得厅堂，下得厨房"、十项全能的小主妇，俺就选择了一个高难度项目——酿一桶葡萄美酒。

有一天晚上，和女儿小希一起逛超市的时候，看到了可爱的葡萄。无奈，CPI 居高不下让今年的葡萄贼贵，一斤要四块多！虽说前两天国家统计局给出的数据告诉我们 CPI 的增幅有所回落，可是偶怎么没有感觉呢？葡萄还是那葡萄，价格还是那价格。我这个不问"国事"的小女人，终于能通过我家微观的经济消费来理解国家的宏观经济形势了。

让人眼睛发绿的价格，把我自酿葡萄酒的愿望扼杀在了摇篮之中。在超市里转悠了半天，发现一堆散葡萄，我左看右看，上看下看，也没有找到价格牌，那副德行可能有点儿像监控录像重点关注的对象。于是，过来了一位大

姐:"咳!咳!"

秋天还真是燥啊,这位大姐连咳了好几声,我的目光终于从葡萄转向了大姐。

"多少钱?"

"你给多少?"

晕死!超市里还能还价?我有些犹豫了,其实我想说"白送给我最好",但是又怕那位大姐的白眼球吓到小希同学。"我不知道,我想买便宜的葡萄回去做酒。"我老老实实地回答。

她说:"刚才有人1块钱1斤买走了一些,也是做酒。"接着又用貌似献媚的口气说:"我帮你问问老板。"在她的召唤下,正在卖力吆喝"便宜卖,便宜卖,散装水果1元钱1袋"的胖胖老板娘过来了,肚子够大,难怪喊起来中气十足,不用换气,敢情有这么大一个"音箱"呢。影响了她做生意,老板娘看我的眼神有点儿不爽:"你打算多少钱要这些葡萄?"

"刚才有人1块钱买的,我想……"还没等我说完,她立马打断:"你还想更便宜?不可能!"说完,举起小喇叭就要走。

我本想还价8毛,可是一紧张,说出口的却是:"就这么多,1块钱。"

"那这一堆你就得全包了。"大音箱抛下一句话,然后又举起小喇叭吆喝去了。

我端详了一下眼前的葡萄,也就10斤左右。要是做葡萄酒的话并不算多,但比起那边4块多钱的,我可是拣了一个"天大"的便宜。没敢再多想,我就双手并用,开始往购物袋里扒。旁边走过几位大妈大婶,看我买这么多,齐刷刷地问我多少钱?"1块,1块,反正也是做葡萄酒。"我应付道。

大妈大婶满脸羡慕地问:"还有吗,我们也买点儿。"

"没有了。"导购员替我回答。

我开始得意起来,下手更快了。要知道,这些大妈大婶可是菜市场里杀价、挑货的高手,能得到她们的认可,那可是相当不容易啊。我这里还得了便宜卖乖,给她们出主意:"明天你们在这里守一守,那些卖剩下的肯定便宜。"

买了12斤葡萄,又买了2斤半冰糖,这两样就足够做葡萄酒了。

付了账之后,我扛着购物袋、牵着小希兴冲冲往家奔。被我牵得磕磕绊绊的小希同学也想享受和购物袋一样的"待遇",但是没得逞。我略施小计,一个"剪刀石头布"的小游戏就让她乖乖地牵着俺的衣角走回家了。

到了家,连表功带显摆地告诉婆婆:这么多葡萄,1块钱1斤。听得一向节俭的婆婆不住地颔首:"要得,要得。"

然后,我和婆婆一起把葡萄洗净、沥干,放在一个簸箕里晾干。小希同学走过来假装帮忙,抓一颗葡萄就往嘴巴里塞。过一会儿再抓一颗,等我们把葡萄全部晾好,她已经吃了不下20颗。

晾了一个晚上加一个白天之后,到了第二天晚上,葡萄终于晾干了。我搬出去年做酒的大坛子,把葡萄放进去。一层葡萄一层冰糖,一层一层地铺好。放置葡萄的时候,可以用力稍微压一下,挤破的葡萄更容易出汁。葡萄和冰糖的比例是10斤葡萄用2斤冰糖,如果想要口味甜一点儿,就多加些冰糖。

装好坛之后,一定要封严,放在安全之处,耐心等个10天就够了。如果不喜欢太浓烈的酒,六七天就可以开坛了。要是想要酒的度数高一些,就要等上半个月。

葡萄酒做起来很简单,唯一要注意的就是葡萄一定要晾干,表皮上不能有水,否则葡萄酒就容易酸了。

我家的葡萄酒坛子是透明玻璃的,在等着开坛的那几天,可以看到酒汁一天比一天升高。呵呵,写着写着,我这口水就出来了。

按我上面的用料比例,大约可以酿出3~4升葡萄酒,整个过程比买的葡萄酒少了过滤和蒸馏的工序,所以会有些沉淀,但比起超市里的葡萄酒,可是又便宜又放心。看着瓶子里浓如胭脂般的酒汁,我美滋滋地想:这不就是我的精致小资生活吗?谁说一定要花很多钱才能实现呢?

4. 聪明的女人一定要有闺密

> 　　女人之间的情谊或许不像男人之间那样肝胆相照、两肋插刀，但却正因如此而显得更为绵密和持久。如果说一个成功的男人背后一定有一个伟大的女人，那么一个快乐的女人背后一定要有一两个闺密，她们是女人不可多得的财富。

　　女人多半都是感性动物，比男人更需要倾诉。当男人们厌倦了你的喋喋不休时，要想不被自己的话憋死，最好转移目标。这个时候，闺密就会派上用场。

　　与蓝颜、红颜相比，闺密虽然同属于婚姻之外的"第三人"，但是因为闺密处的是同性之间的情谊，少了红颜、蓝颜之间那种暧昧不清、节外生枝的危险，因此也就来得更踏实、更梯己。所以说，聪明的女人不一定要有蓝颜，但一定要有闺密。

　　我和云的交情有十多年了。大学四年的朝夕相处，发觉各自的喜好都那么一样——不爱学习，考前抱佛脚；盼望毕业；盼望有一段刻骨铭心的爱情，却怎么也找不到……一样一样的想法，仿佛就是两姐妹。我这边才说出上句，她那边就已知道下句是什么。毕业留言，我写给她的是："他日相逢，是相夫？是教子？"两人都乐不可支，这是我们毕业时的最大愿望。

当时，我把"他日相逢"的时间设置得太远了，但事实上我们根本就没有分开过。毕业后，我们都在南昌工作，继续藕断丝连。单身的我，经常在周末骑上单车奔到她家，吃饱喝足之后，两人一块躺倒在她的小床上，一会儿畅谈人生、婚姻，一会儿又担心嫁不出去，孤独终老可就凄凉了，于是又说，大不了两个人一块儿过算了。那段时间，我都成了她们家的另一个女儿了，逢到周末就钻到她家里，她妈妈唠叨完我又唠叨云，仿佛我就是她的第二个女儿。

随着时间流逝，我们分别恋爱、结婚，在一起的时间少了，但还经常会打打电话，偶尔小聚。难得的是，志趣仍然一致。有一阵子，两人都不约而同地对工作心生厌倦，居然一拍即合地要参加公务员考试。于是，两个人又拿出大学时应付期末考试的劲头，日夜苦读，为了能互相讨论，我们经常一块儿翘班，偷偷到我家里来看书。两人边学边讨论，还像当年在校园的时候一样。

有一次我生病了，给云打了一个电话，云二话没说马上翘班飞奔到我家，顺路还买了不少菜，一进门就卷起袖子淘米、洗菜，做了一桌子的饭菜给我"进补"。那情形，现在想起来都感动不已，老公都不见得能如此细心。真觉得我和云的亲密甚至已经超越了亲姐妹。

和云相处最为轻松之处就是，不用酸文假醋地摆着淑女的架势，率性而随意。聊得兴起，一句国骂脱口而出，两人相视哈哈大笑。无论隔多久和云见面，都不会有生疏感。2008年国庆节，我们在电话里约好见个面，事先并没有说要不要带孩子、老公一起，等到了我们约定的地点，看到彼此都单身骑着一辆电动车，不禁会心一笑。这就是我们的默契：闺密时间，闲人勿扰！

闺密之间的友谊干净而且纯粹，从来不带半点儿功利和暧昧，聊的话题多半是老公孩子、婆媳关系，要么就是在工作当中遇到的开心或烦恼的事。很多心事和老公都不愿说起，但和云却总能有聊不完的话题。有时候，在宝哥那里憋了一肚子的火，在云那里唠叨唠叨，甚至两个人什么都不说，一起坐坐喝杯茶，肩并肩地走上一段路，什么不快都烟消云散了。有时候不免和婆婆有些小摩擦，我们俩凑在一处"同仇敌忾"，仿佛她的婆婆就是我的婆婆，我的婆婆就是她的婆婆,两人结成了"儿媳统一阵线联盟",让心中的委屈好好宣泄一下,然后又各自回家继续做温厚贤良、安守本分的乖儿媳。

女人之间的情谊或许不像男人之间那样肝胆相照、两肋插刀,但却正因如此而显得更为绵密和持久。如果说一个成功的男人背后一定有一个伟大的女人,那么一个快乐的女人背后一定要有一两个闺密,她们是女人不可多得的财富。我个人总结了一下,无论是从身心健康的角度,还是从经济实用的角度,聪明的女人都应该有自己的闺密,理由如下:

1. 闺密是免费的情绪"垃圾桶"。一个闺密胜过十个资深的心理医生,却不需要你支付高额的治疗费。这是非常非常重要的省钱健康法。

2. 闺密之间拥有的不仅是友情,还能通过对方不断地对照自己,矫正自己,使自己更适应社会,携手共同进步。

3. 可以拥有免费的感情顾问、服装搭配师、美容师。遇到麻烦她还会主动承担"狗头军师"的职责。这也是很重要的,服饰、美容书还可以两人共买一套,划算。

4. 在你流落街头的时候,多一个收留你的地方。至少和老公吵架,离家出走也有个去处。

5. 没钱花的时候,至少可以去她那里蹭饭,还不用买菜、做饭,多好。

优雅小主妇私密互动

魔鬼爱上天使:写得真好啊!我今年快大学毕业了,实习过程忽然让我领悟了理财的重要性,于是还不能养活自己的我决定开始理财,有几点想法和椰风分享一下。

聪明的女人一定要独立——经济和人格上的独立。以前的我上网只看八卦新闻,经常买吃的、买穿的、买昂贵的护肤品,而那些根本就不是我的经济实力所能承受的。现在,我开始看关于理财的书籍了,衣服改为每一两个月买一次,尽量自己做些便宜又营养的东西吃(我也开始喜欢研究养生食谱了),化妆品之类的也少买了,只做些简单的日常护理,皮肤反而舒缓了很多。把省下的钱做投资或者储蓄。迷上理财的另一大好处便是,很少再关注无聊的八卦新闻,改成钻研各种论坛、贴子,向前辈看齐。这样一来,反而全神贯注,忘记了爱吃垃圾食品的嗜好……

关于另一半,我和BF在一起五年了,他是我的初恋。他很简单,但他对我很专一,很听话,而且脾气十分好,对亲人、朋友也是非一般的好。他刚出来工作,工资也是少得可怜,还很能花,是月光族。目前,我已经剥夺了他的财政大权,拉着他开始我们幸福的理财之旅。他刚刚工作,我还没出校门,但我对未来还是充满了信心。

关于爱,我觉得需要包容。这一点,我学得很累。认识我们的人都知道,我们吵架是出了名的,我的脾气也是臭到极点的。有一段时间,一直迁就我的他提出了分手。我开始意识到,既然爱对方,为何不让对方快乐?现在我必须学会忍让和换位思考。很多时候,他的错误只是由于他的简单(我想问题比较深远,老是觉得他很不成熟)。姐姐,你和爱人相处的方式很值得我学习呀,爱他却不宠溺他。我也和朋友宣布要做个旺夫的好女人(当然不会做黄脸婆),好好培养他,呵呵。

关于健康。我的生活方式让我一直都不十分健康。熬夜,爱吃垃圾食品,想怎样就怎样。去年冬天,广东这边奇冷,我都长冻疮了。后来我学着练瑜伽,下载了好多视频观摩学习,每晚临睡之前我都会做,渐渐成了一种习惯,发现自己的精神状态好了很多,而且心态好像也有了改变,平和了。还有一个意外的收获是,一周内瘦了两斤……

一下子打了这么多字,完全是因为看了姐姐的文章,实在忍不住,也来写几句。希望全天下的姐妹们都有姐姐那样从容的心态,收集点点滴滴的幸福,生活自然美满!

5. 为健康储蓄，让生命银行永不透支

> 生命的银行里，健康这个本钱，我们一定要知道自己到底还有多少，更要知道向生命银行里储蓄健康。饿了吃饭，渴了喝水，困了睡觉，饮食规律，作息正常，时常运动运动，保持快乐的心情，其实储蓄健康就是这么简单。

健康是"1"，财富、地位、事业都是后面的"0"，没有了健康这个"1"，后面有再多的"0"也没有意义。

这个道理简单至极，每个人都知道，但并不是每个人都能做到，甚至大多数人都做不到。在身体的"银行"里，只顾支取，不记得储蓄，一旦透支到破产时，悔之晚矣。

我们的健康本钱究竟还有多少，我们经常会高估。不肯定期上医院体检，就不能时时刻刻了解自己身体的本钱，随意支取，就好像它是用之不竭的金山银矿。太多人高估了自己的健康本金：明知喝酒伤身，但一上酒桌，觥筹交错之间，劝酒令一说，不来个酩酊大醉就决不下桌；明知劳累疲乏，可是为了赚钱，为了事业不断扩大，废寝忘食，日夜加班；明知抽烟伤肺，总是安慰自己，有人抽了一辈子也能活到80多岁；明知怒火伤肝，但是脾气一上来，就顾不了许多……

听过这样一句话：年轻的时候，用健康换财富；年老的时候，用财富换健康。

前几年，均遥集团的董事长王均遥患癌症去世，时年 38 岁，留下数十亿资产。他死前说过，谁能挽救他的生命，他就分一半财产给谁。可那时已经回天乏术，正所谓"人在天堂，钱在银行"，没有了身体健康这个"1"，再多的财富都没有了意义。给家人留下的是悲痛，给大家留下的是欷歔。

所以，健康不能透支，健康需要时时关注。

我有个同事叫阿良，患有慢性肝炎，因为是慢性病，不可能一时半会就治好。时间久了，也不太当回事儿了。虽说生病了得放宽心慢慢调理，不要被疾病搅得愁云惨淡、心情阴暗，但是也不能束之高阁就此不管，还是得经常上医院检查检查，看看自己的身体状况如何。不去银行查账，怎能知道自己到底资本够不够雄厚呢？知道自己的家底，才能在健康和事业之间找一个更好的平衡点。

阿良是电脑高手，心地好，脾气好，朋友们找阿良解决电脑问题时，都是随叫随到，周末还经常帮别人选电脑。忙忙碌碌中，阿良从不抱怨累，大家也仿佛忘记他是一个病人。于是乎，他也完全把自己当成了一个健康的人，对这个病太马虎了。吃药不规律，也没有按照医生的嘱咐定期体检。单位虽然两年有一次体检，但这对一个慢性肝炎病人来说，周期太长了。在一次单位体检后，医生发现阿良的慢性肝炎已经转了肝癌。三个月后，阿良撒手人寰，留下年轻、娇美的妻子和一个刚刚五个月大的孩子。

那么年轻的阿良，才刚刚过而立之年就匆匆而去，喜添贵子的家本来应该是欢乐、幸福的，却因"家庭支柱"的离去而陷入无尽的凄苦之中。在阿良的葬礼上，我见到了他可怜的妻子和幼儿，面对她憔悴、哀婉的面容，看着那个孩子可爱的大眼睛，我的泪忍不住淌下来，安慰的话语说出口时已是哽咽不成句。除了几句无力的劝慰，以及非常有限的物质帮助，我和同事们能为这对孤儿寡母做的真的很少，未来的路只能她们自己来走。

　　这是一个惨痛的教训。我看过很多人忽视体检,忽视身体发出的警告,讳疾忌医,不肯上医院检查,大病当小病养着,小病就拖着,实在拖不下去了才到医院治疗。但这个时候已经病入膏肓、回天乏术了。

　　身边的事情让我把健康看得更重了,有了女儿小希之后,我的生命有了更重要的意义,我必须保证自己健康,这不仅是我的快乐源泉,更是一份责任,一份义务。

　　生命的银行里,健康这个本钱,我们一定要知道自己到底还有多少,更要知道向生命银行里储蓄健康。饿了吃饭,渴了喝水,困了睡觉,饮食规律,作息正常,时常运动运动,保持快乐心情,其实储蓄健康就是这么简单。

6. 生活还有多少需要我们去经历

> 我永远相信"经营"这两个字,财富需要经营,婚姻需要经营,爱情需要经营,孩子的成长需要经营……其实,生活中需要小主妇用心经营的地方太多了,"用心"和"不用心"的结果肯定是不一样的,侥幸的事情不会天天发生。

文章一篇一篇写下来,不知不觉间竟已有十几万字了,该收尾了。

也许我的语调太轻松、太俏皮了,看过我文章的朋友们都认为我命好,祖上给我留了产业,嫁了一个好老公,又有一个乖巧可爱的女儿。有人在留言里写道:"你那是命里有,不是每个人都可以这样的。"

我写这些不是想晒我的幸福,不是想用我的顺风顺水去刺激别人的伤痛。本来我也不是顺风顺水的那类人,有些事情过去了二十多年,我都想不明白为什么这种事情会发生在我的身上——比如幼年丧父。这么多年下来,只是记得这句话:幸福的家庭都是相似的,而不幸的家庭各有各的不幸。

讲一个可能大家都听过的故事吧。

> 一个虔诚的基督徒,遭遇了洪水,爬上了屋顶等待救援。他很镇定,因为他相信上帝会来救他。

水位慢慢开始涨了，有人给他送来了救生圈，让他到安全的地方，他谢绝了，说道："上帝会来救我。"

水到了腰部了，有村民划着小船来救他，让他上船，他谢绝了，说道："上帝会来救我。"

水已经到了他的脖子了，有军人开着快艇要接他到安全的地方，他依然拒绝，还是那句话："上帝会来救我。"

最终，水漫过了他的头顶。

死了之后，他来到上帝面前，埋怨道："上帝，我那么虔诚地相信你，为什么你不救我？"

上帝很委屈地说："我已经派人救了你三次，而你都不接受。"

上帝不曾忘记哪个人，可是把握现实还是得靠我们自己。若是不用心去经营，你以为上帝会不计较成本地帮你吗？

祖上的产业，我没有得到一分，现在的好老公当年可是"无人问津"，乖巧的女儿依然淘气得令我头疼，工作上我依然会遇上种种麻烦和苦恼……无论从哪个角度看，我也不算很顺利的那种人啊。老公家里穷，俺的收入不高，奋斗到现在还买不起车。女儿似乎也没有别的孩子聪明，不会念《三字经》、不会背《百家姓》。工作中，我就是被别人呼来唤去的"小跑腿"……

但是，我永远相信"经营"这两个字，财富需要经营，婚姻需要经营，爱情需要经营，孩子的成长需要经营……其实，生活中需要小主妇用心经营的地方太多了，"用心"和"不用心"的结果肯定是不一样的，侥幸的事情不会天天发生。

老天对每个人都是公平的。但是在人生的跑道上，大家跑到最后总会有那么大的差别。我们在自己的人生跑道上只要坚持到底就可以了，难道非要得第一才无憾吗？

优雅小主妇私密互动

隐姓又埋名：经济是优雅的基础，谁都希望用最少的钱过上最好的生活，但只凭自己的能力是不够的。就好像我的生活，如果换做椰风，你能过上优雅的日子吗？我今年28岁，已婚。有一周岁的女儿，患有严重的先天性心脏病。我老公家境不好，我家更差，母亲患糖尿病很多年了，眼睛也失明了，去年更是查出尿毒症晚期，在做血透治疗。父母家里负债累累，我和老公呢，为了救活自己的女儿四处借债。现在，我的脑子只想着如何救自己的女儿，如何能多存点儿钱。"用最少的钱过上最好的生活"，我想那最少的钱也是有底线的。

淡若椰风：我们所做的、所努力的，很多都不能在今天或是近期看到成果，但是我们的努力一定会在某一天体现在我们的生活中。每个正在遭受苦难的人，都会觉得自己是最苦的，别人都无法比及，所以我们总能为自己不如意的生活找到理由。当然，我们也不能否认困难的存在，但抱怨对事情能有什么帮助吗？能够解决问题吗？面对你的质问，我不敢回答我有多能干，但是我想我的妈妈是有资格说的。父亲因病去世后，我家基本上也是倾家荡产。妈妈当时只有33岁，我10岁，弟弟8岁。妈妈工资不高，要抚养我们姐弟两个。她守寡那么多年带大我和弟弟，我们两个分别都完成了大学学业。当年妈妈的苦难又有谁能体会？但就是那样，母亲依然坚定乐观，而且她把生活打理得确实多彩。

亲爱的，也许现在的困难我们一时无法改变，我们能做的就是让未来能够更好些。把握好今天，让以后的生活从容一点儿，你明白我的意思吗？

衷心地祝愿你家的宝宝早日康复，妈妈身体健康，家庭早日走上康庄大道。